バンチョ高校クイズ研

蓮見恭子

集英社文庫

もくじ

バンチョ高校
クイズ研

クイズ研の残党と呼ばれて

「るーぷる仙台」は仙台駅を発つと、若葉が生い茂る青葉通へと進入した。

「バスが動き出して、女の人の声が流れたら、おばあちゃんの代わりにこのボタンを押してね」

停留所で客を乗降させている間、小さな男の子を連れた初老の女性が、降車ボタンを指さした。男の子は今にも押したそうな表情だが、女性は「まだよ。ジュン君」と、膝に乗せた孫の頭を優しく撫でている。

鈴木慎太郎は右肩、左肩と順に後ろに回転させると、シャツの袖口のボタンをさり気なく外した。

やがてバスは「青葉通一番町駅」を発車した。男の子の指がボタンに触れる寸前、慎太郎は素早く動き、先に降車ボタンを押した。

『次、止まります』

運転席の背後と、各座席に取り付けられたランプが一斉に点灯した。

——よっし！

一瞬、何が起こったのか分からなかったのだろう。祖母と孫の二人連れは呆然(ぼうぜん)としていた。

してやったりとほくそ笑む慎太郎に気付いて、女性が睨(にら)みつけてくる。その膝の上で男の子の顔がくしゃっと歪(ゆが)み、やがてぐずぐずと泣き出した。

「先に押されちゃったねぇ。ジュン君が押したかったのにねぇ」と、聞こえよがしに言うのが耳に入る。

人に先んじてボタンを押せた日は、一日中気分がいい。たまにバスに乗るとこれがあるから面白い。

慎太郎はバスの車窓から、通りに植樹されたひと抱え以上はある欅(けやき)を見上げる。

折しも、一人のランナーが通りを駆け抜けて行くところだった。

例年、五月には新緑の定禅寺(じょうぜんじ)通や青葉通を駆け抜ける「仙台国際ハーフマラソン大会」が開催される。他にも「全日本大学女子駅伝」や「全日本実業団対抗女子駅伝」など、テレビで中継される大きな大会が行われるのでも分かるように、市街地は平坦(へいたん)で、豊かな木々に彩られた道が続く。

杜(もり)の都・仙台。

東北地方最大の都市の東西を貫く道は、滑走路を思わせるほどの広さを誇り、道沿いにはホテルや銀行、ショッピングモールにコンビニが並ぶ賑やかさで、慎太郎は「銀座なんかよりよっぽど華やかだし、パリにも負けない」と常々思っていた。

乗客ら——とっくに三十を過ぎた大人と幼稚園児——が、降車ボタンを巡る攻防をしていたのを知ってか知らずか、運転手はやけに明るい、平板な口調でガイドを始めた。

「間もなく、『荒城の月』の作詞者・土井晩翠先生が晩年を過ごしました、晩翠草堂前でございます。黒い板塀の平屋建てでございます。……バス停を降りましたら、右手前方を御覧下さい」

子供を連れた女性は、ベソをかいた子供を宥めながら、「大人げのない人がいるもんですねぇ。気分が悪い」と悪態をついて下車した。

周囲の視線が慎太郎に集まったが、運転手が日本三景の一つ・松島にある瑞巌寺の解説を始めたから、乗客の興味はそちらに逸れた。

伊達政宗公の菩提寺である瑞巌寺は、元は鎌倉幕府の庇護の下に栄えた禅寺だ。江戸時代の初めに伊達政宗公が大伽藍を完成させたという由来を持ち、庫裏と本堂は国宝に指定されている。

「瑞巌寺はお寺に見せかけて、中は城になっております。通称『隠れ城』、または『隠し砦』とも呼ばれ……」

——む、これは作問に使えるな。

常に携帯しているポケットサイズのノートを取り出し、書きつける。

（日本三景／の／一つ／松島にある／通称／隠れ城／と呼ばれる寺の名前は？）

運転手の流暢なガイドと共にバスは左折し、東北大キャンパス、広瀬川にかかる橋を渡って、伊達政宗の墓・瑞鳳殿を通り過ぎる。この辺りまで来ると周囲の様子は一変し、やがて青葉山の豊かな自然の懐へとバスは吸い込まれた。山道から道路脇を覗くと、そこは断崖絶壁になっている。「道路の幅は四百年前から変わらず、野生の熊も出ます」と、運転手は涼しい顔で怖い話をした。

バスが「仙台城址」で停車すると、慎太郎は軽やかな足取りで降車し、展望広場へと向かった。

広場には、日没からライトアップされる「伊達政宗騎馬像」が、一際目立っていた。

伊達政宗は戦国武将でありながら、趣味は料理。そして、能に造詣が深い趣味人であった。学問や教養に精通した、まさに文武両道。熊本の加藤清正と並んで、戦国武将の中でも群を抜く人気で、伊達男の語源ともなっている。

高校時代の慎太郎は、この姿に将来の自分を重ねようとしていた。

自分も、伊達者でありたいと願った、十七歳の夏。

慎太郎は過ぎし日の自分の青さを思い出し、ふっと口元に笑みを浮かべた。

暫し佇んだ後、市街地を望める場所へと移動した。標高約一三〇メートルの高さから市街地の夜景が見渡せるこの場所は、夜の観光スポットとして人気を集めている。

西北に位置する仙台大観音の、白いくっきりとした姿を拝みながら、眼前に広がる景色を見る。伊達家の城下町から発展した名残りで、都心部の道路は概ね碁盤の目状で、それを取り囲むようにグリーンベルトと住宅地が同心円状に広がっていた。

「美しい」

思わず呟いていた。

生まれ育った街という事を差し引いても、ここまで美しい都市を慎太郎は他には知らない。

「杜の都。そして、『学都仙台』。古くは明治新政府が、欧米列強に伍していく為の富国強兵政策を推し進める為、人材育成機関として旧制二高と東北帝国大学が設置された歴史を持つ。中国から魯迅が留学した都市として知られる街。我々は、学都仙台の雄としての誇りを胸に、優勝を目指す。絶対に勝つ……」

高校時代、クイズ大会でぶちかましたバンチョ高校クイズ研究部のスローガンだ。

暫し、感慨に耽る慎太郎。

だが、一人でぶつぶつと呟く慎太郎を、通りかかった女性二人連れが気味悪そうに見ていた。

*

——何処だ？　俺様の金の卵は何処にいる？

慎太郎は目を皿のようにしていた。

東二番丁高校は、その名の通り、東二番丁通りに面して建ち、三つの校舎が渡り廊下で繋がっている構造で、各校舎の間に中庭がある。その中庭に今は、ずらりとブースが並び、部活勧誘会が開催されていた。

ちょうど慎太郎が立っている辺りには、軽音楽部のブースがあり、アコースティック・ギターの弾き語りが始まろうとしている。集まってきた新入生に、ステージ衣装を着た女子生徒が、近々開催されるライブの案内を配布している。

上級生達の呼び込みに加えて物を動かす音、新入生達のお喋りが交じり、耳を塞ぎたくなるような騒々しさだった。

「やれやれ、晴れて良かったですよ」

「ほんとに。それにしても、授業中は居眠りしてる子も、こういう時は元気なんですよねぇ」

傍らで教員達がおっとりと話しているのが、耳に入り込んでくる。

部活勧誘会の運営は生徒会に任せてはいたものの、監視員として教員も常駐している。慎太郎も、その一人であった。

「ねぇ、鈴木先生」

話しかけられた時、他の事に気をとられていたせいで返事が遅れた。

「鈴木先生？」

「や、失礼。何の話でしょうか？」

特に気を悪くした風でもなく、相手は微笑んだ。

「部活に注ぐ熱意の一部でも、授業中に発揮して欲しいと思いませんか？」

そんな事はどうでもいい。俺様は今、それどころではないのだ。

新入生達にハイエナのように取り付く各部の上級生達。中でも、体格の良い者は屈強な上級生にがっちりと押さえ込まれ、順に各々のブースへと引きずられてゆく。

だが、慎太郎が探しているのは、運動部が欲しがるような素材ではない。

「ちょっと失礼します」

同行していた教員達に断って、輪から離れる。

体育館の壇上は、クラブ紹介の真っ最中だった。アナウンス部の男子生徒は、高校生とは思えないような落ち着いた声で、舞台に上がっているサッカー部の活躍について話している。

いた。

お目当ての新入生は、喧騒を避けるように、体育館の隅に置かれた跳び箱に凭れていた。真新しい『日本史一問一答』の本を手にしている。

そこそこ長身。だが、吹けば飛びそうな華奢な体付きで、顔を隠すように前髪を垂らし、スクウェア型の黒縁眼鏡をかけている。

「一年A組の早乙女佑介だな？」

声をかけると、早乙女はぴくりと頰を動かし、『一問一答』から目を上げた。

「日本史が好きなのか？　地歴科教員としては嬉しいぞ」

「……地歴？」

「理科じゃなくて？」

早乙女は慎太郎の全身を見る。

「あぁ、これか？」

慎太郎は上に羽織った白衣の襟を摘んだ。

「気にするな。単なる汚れ避けだ。それより、入部するクラブはもう決めたのか？」

「何処にも入部しません。受験勉強に専念したいから」

そう言って、物憂げに目にかかる前髪をかき上げ、一点を睨むように見据える。

その視線の行方を追うと、演劇部員達が立ちすくんでいた。一人は裾の長いドレスを纏(まと)った眼鏡っ子で、もう一人は犬の着ぐるみという恰好(かっこう)だ。恐らく、早乙女に声をかけようと考えていたのだろう。だが、氷のような視線を浴びせられ、すごすごと向こうへ移動した。

改めて、自分より頭一つ分高い位置にあるその顔を眺めた。

名は体を表すとはこの事。前髪と眼鏡で隠されているものの、仙台の伝統工芸品・堤(つつみ)人形を思わせる肌は白く、一筆ですっと描いたような切れ長の目。唇が赤いのが妙に艶(なま)めかしい。

運動部が欲しがるような素材ではないが、演劇部なら白馬に乗った王子様、もしくは化粧をすれば、ヴィジュアル系バンドのヴォーカルからスカーレット・ヨハンソン級の美女までカバーできるニューフェイスとして重宝がられるだろう。

「何処にも入部しないのも一つの選択だが、せっかくの高校生活だ。楽しく過ごしたくはないか？」

長く伸ばした前髪の中で、早乙女の瞳がかすかに蠢(うごめ)いた。

「非常に優秀な成績で入学してきたと聞いている」

「……どうも」

気のなさそうな返事をしつつも、プライドをくすぐられたようだ。僅かに小鼻が膨らんでいる。

「テストで高得点をとる為に、最も重視している事は何だ？」

質問を投げかけると、早乙女はうんざりした表情を見せた。

「時間配分に決まってるでしょう。ざっと問題をチェックしたら、簡単な問題から先に解いていき、しっかりと基礎点を押さえてから難問に取り掛かる。効率良く答案を埋める事で、高得点を狙う」

「さすがだな」

クイズのペーパーテストでも、それも大切なテクニックだ。だが、ここはあえて厳しい言葉をぶつける。

「お前は勉強の為の勉強をしているのか？」

虚を衝かれたように、黙り込む早乙女。

「探求心、あくなき知識欲。自分が知らない事を知りたいという意欲が積み重なり、頭脳に溜め込まれる。その結果が、受験での高得点ではないのか？」

慎太郎は早乙女の目を見た。数多の可能性を秘めた、知性を感じさせる目を。

慎太郎は二つ折りにしたＡ４サイズの紙を手渡す。小さな字でびっしりと書かれたのは、問題集から抜粋した超難問クイズだ。

「どうだ？　クイズを極めてみたくはないか？」

早乙女は不思議そうな顔をしていた。何故、今ここでクイズの話が出るのかと。

＊

会議用のテーブルを挟んで向かい合った教頭の、その黒々とした眉が情けなさそうに垂れ下がった。

「クイズ研究会？」

「いえ。クイズ研究同好会です」

「鈴木先生。今はそういうお話ではなく……」

開け放たれた窓からは、女子生徒達の「ファイトォー」という甘ったるい掛け声と、辺りの空気を鋭く切り裂くようなホイッスルの音が聞こえてくる。

突風が入り込んできて、テーブル上に置かれた書類の束がバタバタとはためく。慌てた教頭が後ろ手で窓を閉める。その拍子に、ぴったりと撫でつけた薄毛が一筋、はらりと鼻先に垂れ下がった。

「教頭。ここ仙台は杜の都と呼ばれる一方、『学都仙台』ともいわれています。いわば、学生の街。古くは明治新政府が、欧米列強に伍していく為の富国強兵政策を推し進める為、人材育成機関として旧制二高と東北帝国大学が設置された歴史があります。中国でも魯迅が留学した都市として知られる。よって……」

教頭は両手を差し出し、体の前で大きく振った。

「ちょっ、ちょっ、ちょっとお待ち下さい。鈴木先生」

「人の話はちゃんと最後まで聞け！　このうすらハゲ！」。そう怒鳴りたいのを堪え、説明を続ける。

「俺様……、いや、私がいた頃、東二番丁高校クイズ研と言えば、全国の猛者から『北にバンチョ高校あり』と恐れられるような、まさに東北地方を代表するチームでした。当時、先輩プレイヤーにしごかれたおかげで、私はバンチョ高校のブランドを背負い、進学後に大学クイズ界三羽烏の一人と呼ばれるまでに上り詰める事ができました。教職についてからは、前任の県立高校でクイズ研究部を発足させ、二年で県内の名門校を相手に善戦できるところまでに育て上げました。もっとも私の指導力をもってすれば、他愛ない事でしたがね……」

慎太郎は両手を胸元にやり、衣服の上に羽織った白衣の襟を正す。教頭が口をあんぐりと開けた状態で固まっている。

「そして、私が戻って来たからには、歴史あるクイズ研を復活させなければいけない。さしあたっては、これまでの慣例にのっとって、一年目は同好会として申請。実績を作り、二年目に部として認めてもらえるよう、きっちりと指導いたします」

暫く口を開けたままだった教頭は、気を取り直したように咳払いをする。

「ええっと、私が言いたいのは、そういう事ではなく……。鈴木先生には男子バレー部と演劇部の顧問を引き受けていただきたいと。そう、お願いしているのです」

その件は先に学年主任から申し渡されたが、きっぱりと断っていた。そこで教頭の登場となった訳だが、当然受け入れるつもりはない。

「難しく考える必要はありません。バレーボールの方は競技経験者の佐伯先生が指導をして下さっていますから、鈴木先生は佐伯先生の指示に従ってもらえばいいんです。それに演劇部に関しては、卒業生が外部コーチですから、顧問の仕事は書類作りと引率……ぐらいでしょうか。恵まれていますよ」

その恩着せがましい言い方にカチンときた。

「そちらこそ何の御冗談ですか？　バレー？　演劇？　私は引き受けるとは一言も申し上げておりません。だいたい何ですか？　部活における教員の過重負担が騒がれている昨今、教職はブラック企業とも呼ばれ、志望者が激減している。定時に帰ろうとすると、やる気がないと言われるんですからな。強制的に顧問を引き受けさせるとは、言語道断……」

負けじと教頭がテーブルに身を乗り出した。

「教員の負担を軽くする為に、皆さんに協力してもらっているのですよ。我が東二番丁高等学校では、教職員には漏れなく運動部と文化部をそれぞれ一つずつ顧問を引き受けてもらっています。これは義務だと考えて下さい。例外は認められません。先生、もしかしてこんな簡単な事がお分かりにならないんですか？」

「分からないとは滅相もない。うっかり失念していただけです」

「忘れていたと？　じゃあ、今の説明で思い出していただけましたね」

「……う、ぐ……」

慎太郎は腕組みをすると、パイプ椅子の背凭れに体を預けた。ぎぃと軋んだ音が、まるで自分の歯軋りの音に思えた。

ぬかった。

「知らない」「分からない」とは言いたくないが為に、墓穴を掘ってしまった。だが、俺様の辞書に「知らない」「分からない」という文字はないのだ。ないものは言葉として発せられない。

あ、いや。

「理解不能ですな」と鼻で笑ってやれば良かったのだ。きっぱりと断っているのに、無理矢理引き受けさせようなどという筋の通らない話なのだから。

後悔先に立たず。

ううう、糞ぉ！

その時、スピーカーから耳障りな雑音がし、暫く後、下校を促す音楽が流れてきた。

リチャード・クレイダーマンの『渚（なぎさ）のアデリーヌ』だ。

それは、慎太郎が在学していた頃から変わらない。

慎太郎が高校生の頃はクイズ暗黒時代で、テレビでは長寿番組を除いて、新規のクイズ番組は放映されていなかった。

だからこそクイズ研に集まっていたのは、「本物」だった。彼らは貪るように古いクイズ番組の録画を視聴し、乾いた雑巾が水を吸い込むように、クイズの何たるかを吸収していった。

目を閉じると、濃い面子（メンツ）との熱い日々が脳裏に蘇（よみがえ）る。

親の都合で転校してきた部長は、元は開成高校クイズ研究部のメンバーで、後に東大理Ⅲに歴代最高成績（当時）で進学した。もちろん、本校始まって以来の事で、有名進学校の間では「一体、どういう生徒なのだ？」と話題になった。

他にも漢検一級保持者、『パネルクイズ小学生大会』優勝者など、強烈なメンバーが揃（そろ）っており、東京在住者が有利と言われた『高校生クイズ甲子園』では、決勝にまで進出した。惜しくも優勝は逃したものの、決勝戦の模様は校内の講堂で中継され、取材陣も訪れた。その狂乱ぶりは、運動部を凌駕（りょうが）する存在感を放っていた。

今から考えれば、何かの奇跡としか思えないほどのメンバーが、当時の東二番丁高校には揃っていた。彼らとの出会いがなければ、慎太郎もあれほどクイズに耽溺（たんでき）することはなかっただろう。

「鈴木先生の熱意には感服いたします。しかし、新たにクラブを一つ増やすのであれば、他のクラブを潰さねばならないのです」

膝の上に置いた拳を、ぐっと握りしめる。

今、ここで教頭に言い包(くる)められてしまったら、やりたくもないクラブの顧問を押し付けられ、生きた屍(しかばね)と化して、これからの一年間を過ごす事になる。

今年で三十三歳。

十五年ぶりに戻ってきた母校・宮城県立東二番丁高等学校は、慎太郎がいた頃とは様変わりしていた。かつて隆盛を誇ったクイズ研究部は影も形もなくなり、慎太郎が知るバンチョ高校ではなくなっていた。

公立高校の教員が一つの高校に在籍できるのは、長くても八年。その間にクイズ研を起(た)ち上げて元の活気を取り戻し、後継の指導者も育てる。そう考えたなら、一年とて無駄にはしたくはなかった。

「運動部と文化部、一つずつ持てばいいんですね?」

念押しするように、慎太郎は口を開く。

「お分かりいただけましたか」

教頭がほっとしたような表情を見せる。肩の荷を下ろしたつもりなのだろうが、その一瞬の隙をついて、畳みかけた。

「それでは百歩譲って男子バレー部の方はお引き受けいたしましょう。そして、演劇部ではなく化学部の顧問をさせていただきたい」

「化学部？　そちらは理科の先生がいらっしゃいますし、部員数が多くて困ってらっしゃるという話も聞いておりませんが」

「これから増える予定です」

「……あの、話が見えないんですけど……」

「クイズには理科の問題も頻出されます。よって、化学部にクイズ部門を発足させるのです」

こういう事もあろうかと、事前に化学部の顧問には根回しをしておいた。薬品や実験器具に囲まれていれば満足という変人で、学内政治にも興味のない相手だったから、あっさりと承諾を取り付けられた。

「は？」

「つまり、男子バレー部と化学部の顧問になるという事です」

「ですから演劇部の……」

「ところで、早乙女佑介をご存知でしょうね」

「早乙女？」

「そう。早乙女です」

何かを思い出そうと、斜め上に視線をやっていた教頭が、はっとしたように慎太郎に視線を戻した。

「ま、まさか……」

「さすがにお察しが良い……。彼には既に入部するよう声をかけてあります」

「声をかけたって……。まだ、クラブの影も形もないのにですか？」

焦る相手を前に、慎太郎は悠然と構えた。

「本年の新入生の中でもピカ一の秀才、その早乙女が呼び水となって、我も我もと学内の秀才達が入部を表明する可能性もありますなぁ。そうなると、強力なチームが作れるでしょう。ははっ、ははは……」

想像しただけで愉快だ。

「早乙女は意識の高い生徒でしたよ。まだ高校に入ったばかりなのに、既に大学受験を見据えている。何でも部活動はやらないつもりだとか。魅力を感じるクラブがなかったんでしょうな。しかし、私の誘いには興味を惹(ひ)かれたようですよ。試験以外で、自分の頭脳を試す場ができたんですからな。この学校では、優秀な生徒のやる気を挫(くじ)くような真似(まね)をするのですか？」

「いや、あの、その……。しかし、学業の優秀な生徒ばかりを集めてというのでは、課外活動としての意義が問われませんか？　いや、はっきり言って、私は疑問に思いますよ」

他の優秀な生徒まで人質に取られまいと、牽制をしてくる。

それを言うなら、体格と身体能力に長けた者で固めた運動部にも厳重注意をして欲しい。

「十分、承知しております」

慎太郎は人差し指を突き出した。

「個性の偏りは、時に弱点となります。学校の試験問題と違って、クイズは出題範囲が広く、求められる知識量は膨大です。仮に時事問題や芸能、スポーツニュースから出題される可能性も考えたら、学校の勉強ばかりしている生徒だけで作られたチームは脆い」

「………………」

「ご安心を。部員を学業の成績だけでは選びません。希望者は全員受け入れますし、ユニークな才能を持っている生徒にも、ちゃんと光を当てる心づもりですよ」

「ユニークな才能……とは？」

「それは見てのお楽しみ」

教頭は体を傾け、ずっこける仕草をした。

「まだ、始まったばかりです。長い目で見て下さい。それでは、生徒を待たせておりますので」

「あ、まだ、お話があります」

「何か？」

慎太郎は既に、座席から腰を浮かせていた。

「競技かるた大会の校内選抜についてです。当日は鈴木先生にも審判をお願いしたいんです」

「お安い御用ですよ」と返し、今度こそ席を蹴るようにして立ち上がった。そのままの勢いで階段を駆け上がり、渡り廊下を突っ切って、自分の受け持ちのクラス、一年E組へと急ぐ。

「待たせて悪かった。話が長引いてしまって……」

がらんとした教室に、男子生徒が一人、残っていた。

名を大納言悟（だいなごんさとし）という。

初めて彼を目にした時、その立派な体軀（たいく）に吃驚（びっくり）した。体重一〇〇キロはありそうな巨漢で、その珍しい姓と巨体ゆえにすぐに名前と顔を覚えた。

慎太郎は、一番後ろの席に座った大納言に近づく。

「選ばれた以上は、いいとこ見せたいよな？」

前の座席を引き、大納言と相対するような形で座る。ちょうど背凭れを抱えるような恰好になる。

「まぁ……」

大納言は諦めたように溜め息をついた。

子鹿を思わせるつぶらな目は肉に埋もれていて、声は小さい。そこはかとなく仙台四郎を思わせる容姿は、典型的な気は優しくて力持ちタイプだ。

「来月に市民センターで、全国高等学校総合文化祭『小倉百人一首かるた部門』の宮城県予選が行われる」

総文祭とは、八月に開催される全国的な文化祭で、いわば文化部のインターハイである。

「我が校は競技かるた部は設置せず、例年、校内で選抜大会を行い、上位に勝ち残った生徒でチームを組んで予選に挑んでいる。これは、昔からの伝統だ」

すでに各クラスからの代表も出揃い、慎太郎の受け持ちクラスからは大納言が選出された。

もっとも、すんなりとは決まらなかった。

ロングホームルームの時間を選出に充てたのだが、結局のところ志願者は出ず、生徒達に投票させる事にした。

そこで選ばれたのが、大納言だった。選ばれたその日、大納言は職員室まで来て「僕にはできません」と訴えた。

それはそうだろう。

まだ、生徒達の個性が浸透していないクラスで、学級委員や代表を投票で選ぶのだ。必ずしも、それに相応しい人間が選ばれるとは限らない。

大納言の場合は目立つ外見と、その雅な名前で選ばれたのが容易に想像できた。こういう場合、教師としては「いい機会だから、やってみなさい。君のためにもなるのだから」としか言えない。

「確かに、無茶だったかもしれん。だが、皆はお前に何かを感じて票を投じたんだ」

「はぁ……」

大納言は覇気のない返事をした。

「俺……、いや、先生に任せろ。みっちりと特訓して、お前をヒーローにしてやる。まずは、競技かるたについての説明からだ。いわゆる元日に行われる子供の遊びは、『散らし取り』といって、競技かるたとは別物なんだ」

「散らし取り」とは、札を全て並べて、その周囲に座って読まれた歌の札を取る形式だ。

「競技かるたは一対一の個人戦で行われる。知識として百人一首を覚えているというだけじゃ勝てない。自慢じゃないが、先生は強かったんだぞ」

　慎太郎は在学中、常に学年一位の成績を誇っており、クイズ研究部の部長が卒業した後は、校内で優勝したほどの腕前だ。

「その先生が指導するんだから、絶対に勝てる」

　素直な性格らしく、大納言は「へぇ」と感心したような声を上げた。

「なぁに、早押しクイズとコツは同じなんだ」

「早押しクイズって、あのボタンを押すクイズの事ですか？『東大王』みたいな」

「おっ」と思わず声が出た。

　多少はクイズに興味があるようだ。

「よく知ってるじゃないか。クイズ研究同好会に入らないか？　大人の都合で、今のところ化学部内のクイズ部門となっているが」

　大納言は困った表情で、頬を指でかくだけだった。

「ま、考えておいてくれ。ついでに説明すると、早押しクイズは答えが分かってからボタンを押してたんじゃ駄目なんだ。問題文が読まれている途中で、或いは冒頭で答えを推理して、先に解答権を取るんだ。競技かるたも同じ要領でいい」

「はぁ……、推理ですか……」

「クイズと違って目の前に答えがあるから、競技かるたに推理は必要ない。必要なのは要領だ。素早く札を取るコツがあるんだ」

慎太郎は札を並べていく。

競技かるたの個人戦では、百枚の札を全ては使用しない。裏を向けて混ぜた百枚から各自二十五枚ずつ取って持ち札とし、それを三段に分けて並べる。自分の範囲を自陣、相手の範囲を敵陣という。

「札が並べられたら、まず置かれた場所を暗記する。大事なのは、決まり字を頭に叩き込んでおく事だ。つまり、冒頭の一語で取れる札を確実に取る事。これを知ってるのと知らないのとでは、格段の差が出る」

百人一首には決まり字があり、一字決まりは七首ある。一般に頭の一字を取って、「む・す・め・ふ・さ・ほ・せ」と覚えさせる。たとえば、「む」で始まる歌といえば――。

むらさめの　つゆもまだひぬ　まきのはに　きりたちのぼる　あきのゆふぐれ

ただ一つである。

だから、最初の一文字で反応する為には、下の句「きりたちのぼる」の札が何処に置かれているか、確実に覚えておかなければならない。

「そして、二字決まりの片割れも確実に一語で取れ」

たとえば、「う・つ・し・も・ゆ」から始まる札は、各二枚だ。

「『う』で始まる句を一つ、詠んでみろ」

大納言を促す。

「恨みわびほさぬ袖だにあるものを、恋に朽ちなむ名こそ惜しけれ……です」

「よし、いいぞ。もう一句は？」

「う……、憂かりける人を初瀬の山おろしよ　はげしかれとは祈らぬものを」

慎太郎は「うむ」と頷(うなず)く。

受験に出てこないからか、百人一首の下の句まで全てをきちんと覚えている者は少ない。案外、良い人選をしているではないか。彼を選んだ生徒達を見直した。

「二つしかないという事は、先に片方が読まれたら残りは一字決まりになる。先に読まれた札も、しっかり覚えておけ。早速、実践に入るぞ。まずは、構え方だ。お前は右利きか？　だったら、左手は体を支える為に横置き。右膝は一歩下げろ。こうだ」

慎太郎は向かい合い、競技かるたの構えを教える。

「札を取る時は、払い手だ。押さえたり、叩くよりは一瞬のスピードで勝るからだ」

払うようにして札を取って見せ、大納言にも素振りをさせる。

「最初はゆっくりでいい。それから体勢をこう……、もう少し低くして」

その恰好は、慎太郎がアマガエルだとしたら、大納言はウシガエルだ。このまま相撲を取れば、確実に負ける。

「お、なかなかいいぞ」

最初は「老人ホームのレクリエーションか？」というようなのどかさだったのが、慣れるに従いスピーディーに動けるようになった。

「さぁ、一字決まりが来たぞ。せ……」

ばしんっ、と重そうな音と共に、室内が揺れた。

大納言が渾身の力を込めて札を払った拍子に、隣の札がひっくり返った。

「いいぞ。せをはやみ　いはにせかるるたきがはの　われてもすゑにあはむとぞおもふ。崇徳院だ」

相手がクイズプレイヤーなら、この機会に崇徳院絡みで保元の乱や怨霊伝説について出題してみるのだが、今は関係ないので出来心を抑える。

「たかが校内選抜大会と舐めず、本気でかかれよ。何、コツさえ覚えれば簡単だ。全部の札を取ってやるぐらいの勢いで、楽しんでこい」

「は……はい」

ほんの少し動いただけなのに、大納言は額にびっしりと汗を浮かべていた。

慎太郎は時計を見る。

「今日のところは、帰っていいぞ。あ、ちゃんと自宅でも復習しとけよ」

そして、図書室へと向かった。

＊

「早乙女。お前はクイズにどのようなイメージを持っている」

並んで歩きながら話しかける慎太郎だったが、早乙女はこちらを見ようともしない。

無理もない。

図書室で自習中のところを連れ出したのだから、「邪魔された」とでも言いたげで、非常に不機嫌だった。

「教えてやろう。クイズとは競技だ」

それも、極めて知的で高度なゲーム。

「競技？　ただの遊びでしょ？」

早乙女は白けたように、気だるげな仕草で前髪をかき上げた。

可愛くない奴め。

だが、こういう奴に限って、意外とクイズにハマるのだ。今のうちにせいぜいすかしておけ。

「部室だが……。さしあたっては、化学部の部室を間借りさせてもらう事になっているんだ。贅沢は言ってられないからな」

化学実験室の扉には、「化学部見学会開催中」とボードが吊るされている。慎太郎はそこに「with クイズ研究同好会」と、マジックで書き足す。

扉を開けると、化学部の生徒達が色とりどりのビーカーを用意していた。全員、白衣を纏っている。

「ようこそ、いらっしゃいませ。化学部では只今、草木染めの制作を行ってまーす」

化学部部長が歓迎の声を上げたが、「いや、違うんだ」と手刀で挨拶をしながら、ビーカーが並んだ机の前をすり抜ける。室内に漂う草の汁の臭いに、早乙女は僅かに眉をひそめた。

化学実験室の隅、窓際のテーブルに、早乙女を案内する。

「それでは、軽く問題をやろうか」

座るように促す。

A4用紙を綴じて作った冊子には、高校生用に選んだペーパークイズがびっしりと並んでいる。

右端に余白があり、そこに解答を書けるようにしてある。

問題は小学生レベルのものから、マニアックなものまで取り交ぜてあったが、早乙女はすいすいとシャーペンを走らせてゆく。

——ふむ。さすがだな。

物足りなさそうな顔をしていたから、「よしよし」とほくそ笑む。合格。いくら初心者とは言え、ここで躓(つまず)くレベルだと心許(こころもと)ない。

採点すると正解率は九〇パーセント。まずは及第点。いや、全くのビギナーだと思えば、なかなかのものだ。

「何だ、この程度か。レベルが低い。物足りない。そう思ったんじゃないか？」

「……別に」

「はっはっは。無理をしなくていい。だが、実際のクイズ大会では、ペーパークイズは予選でのふるい落としに使われるぐらいだ。決して実戦的ではない。今日は見学だから、気楽に実際のクイズ大会の映像を見てもらおうか……。おぉい、化学部も一緒にどうだ？」

見学希望者が来ず、手持無沙汰だったのだろう。化学部員達は作業の手を止め、各自で椅子を準備し、慎太郎が用意したノートパソコンの前に集まった。

「これは十年前にテレビで放映されたクイズ番組、『高校生クイズ王決定戦』のダイジェストだ。実際の番組は二時間に及ぶが、それを二十分程度に編集してあるんだ」

冒頭、四段の雛壇(ひなだん)を設(しつら)えたセットに、全国から選ばれた四十七チーム、それぞれ三名ずつが座る壮観な絵が現れる。いずれも、各都道府県から選ばれた高校で、「東大進学率日本一」、「創立百周年の名門私立」、「県内随一の進学校」と知識集団に相応しい経歴を誇っている。宮城県からは県立仙台第二高校が出場していた。

実際のクイズ大会と比べて、一般視聴者用にルールは単純明快にされ、よりバトル色が強く出るようにショーアップされてはいるが、クイズ大会の雰囲気は伝わるはずだ。

一回戦はボードクイズだ。「金星で一番高い山は?」、「日本で初めてパスポートを取得した人物は?」などといった、現役東大生ですら正答率が数パーセントという難問で八チームにまで絞られる。その後は、五問正解勝ち抜けの一校対一校の早押しクイズ、超難問ボードクイズを経て二校に絞られた。

プレイヤー達は「知のアスリート」と表現され、ここぞとばかりに頭脳明晰(めいせき)ぶりを称(たた)える言葉が画面に躍る。

神童

全国模試偏差値八〇オーバーの秀才

記憶の天才

人間データベース

愛読書は『広辞苑』という者もおり、彼らの際だった個性も見どころだ。そして、眼鏡に坊っちゃん刈りという、どちらかというとスポ根とは無縁そうな生徒達が、負けて悔し涙を流したり、対決後に健闘を称え合って握手をする場面には、スポーツに通ずる熱気があった。

「どうだ？　凄いだろう？」

　化学部の女子部員達の反応は薄い。

「どうした？　あまりの凄さに圧倒されたか？」

　慎太郎の言葉に、女子達は顔を見合わせ、首を傾げたり、肩をすくめたり、目配せし合っている者もいる。

「聞いてるんだぞ」

　焦れた慎太郎が女子に迫ると、「微妙……」とだけ返ってきた。

　早乙女の顔も醒めたままだった。

「……ここで勝ったからって、何になるんですか？　確かに、この人達は現役で東大に合格したんでしょうけど、こんな事を知らなくたって東大には行けるんじゃないですか？」

　憎たらしい事に、化学部の女子部員達も頷き合っている。

「先生の噂は聞きました。昔、この学校にあったクイズ研究部の部長だったとか……。要は、そのクイズ研究部を復活させたいんですよね？　だったら、他を当たって下さい。僕には残党軍に加担して、再興を盛り上げる趣味はありません」

　顔から血の気が引くのを感じた。

──ざ、残党だとぉ？　お、おのれぇ、下手に出ていたら付け上がりやがって……。この小童（こわっぱ）がっ！

怒りのあまり身震いした。

「……という事で失礼します」

早乙女は立ち上がり、くるりと背を向けた。

＊

午後九時半。

リニューアルされたTステーションは、赤で彩られた看板が一際目を引いた。

全五階のフロアの入口では、店頭を飾るクレーンゲームのガラスケースに詰め込まれたキャラクターグッズが、女子高生の足を止めさせている。フロアの構成はデパートと同様、下層階に女子が好む人気キャラのクレーンゲームやプリクラを置き、中層階にはカップルで楽しめる音楽ゲーム。この辺りまでは、まだ健康的な空気が漂っている。クレーンゲームやプリクラに誘い込まれた客が、「ちょっと遊んでゆこう」と思えるような雰囲気に満ちており、実際に「きゃあ、きゃあ」と黄色い声が飛び、浮かれた空気が漂っていた。

ええぃ、むしゃくしゃする。

思い出しても腹が立つ。

誰が残党だ？　許せん！　この俺様に向かって、よくも、よくも、残党などと……。

早乙女よ。

何故、あの面白さが分からないのだ？　彼らが血のにじむような思いで得た知識や技術を、まるで価値がないと言うばかりか、軽蔑したような視線を向けていた。

喧騒に背を向け、慎太郎はエスカレーターを駆け上がる。フロアを一つ上がっただけで、ガラリと雰囲気は変わる。騒がしさの質が違うのだ。

薄暗いフロアには人の声はせず、ビデオゲームが発する効果音と、激しくボタンを押す音だけが響いている。コクピット状の座席を覗くと、ゲームを操作する手の動きと相反するような、画面の光が映り込んだ無表情な顔が並ぶ。

「余暇に楽しむ趣味」といった本来の楽しみ方を逸脱し、朝から晩までゲームに貼り付き、持ち金がなくなるまで没頭する人種がいるのが、このフロアだ。

もちろん、女性の姿はない。

フロア内を吟味していると、長身の男を遠巻きに見つめる輪ができていた。筐体(きょうたい)を見ると、ガンシューティングゲームだった。

慎太郎も輪に加わり、その動きに見入った。

長身の男は足元のペダルを踏み、時にはガンコントローラーのボタンを押して武器をチェンジし、一度に二体の敵を同時に倒して、スコアをぐいぐいと押し上げていく。

――誰だ？　一体。

ここには一時期入り浸っていたから、古くからいるゲーマーは大抵は顔見知りだ。斜め後ろから顔を覗き込む。

体格がいいので後ろ姿から成人男性だと思ったが、角度を変えて顔を見ると、日に焼けた顔にニキビを幾つかこさえていた。どう贔屓目に見てもせいぜい高校生だ。

――まさか、うちの生徒じゃないだろうな……。

その時、慎太郎を押しのけるように、つかつかと歩み寄った者がいた。

「君。高校生だね」

ガンコントローラーを握ったまま、少年が振り返る。勢い良く頭を動かした拍子に、後ろ前に被ったキャップが背後に落ち、慎太郎の足元に転がってきた。拾い上げると、つばの裏に「ＴＡＫＥＲＵ」とマジックで書かれてある。

「見逃して下さいよぉ」

少年は哀れっぽい声を出し、拝むように手を合わせている。

「駄目だ。君、前にも注意したよね？　中高生は午後九時以降の出入りは禁止だって。ちょっと、そこの事務室まで来なさい」

「ひぃぃ」

腕を掴（つか）まれ、情けない声を上げている。

――やれやれ。

「おい、たける！」

慎太郎はフロアに轟（とどろ）くような声を張り上げた。自分の名を呼ばれて、少年が反射的にこちらを見た。相手が余計な事を言わないうちに、怒鳴りつける。

「だから、何度も言ったろう？　とっとと帰ろうって」

そして、手を伸ばして首根っこを掴む。

「あいたっ！」

鋭い目で睨んできたが、構ってはいられない。

慎太郎は呆気（あっけ）にとられている補導員に向き直る。

「すみません。すぐに連れて帰りますので、見逃してやって下さい」

腰を折り、九〇度近くまで体を曲げる。

「何ですか、あなたは？」

「たけるの……兄です。弟がご迷惑をおかけして申し訳ない。おいっ！」

たけるの尻を蹴飛ばす。

「……いてっ、何だよ、さっきから……」

手を伸ばして、頬を思いっきりひねった。

「あたたたっ！」

「この御方にさっさと謝れ！　何なら置いて帰ってもいいんだぞ」

「う、ぐ……。すいません」

補導員は、「しょうがないですね。弟さんにはちゃんと言い聞かせて下さいよ」と言いながら去って行った。

残されたたけるは、胡散臭そうな目で慎太郎を見た。

「とりあえず、ここを出よう」

「さっきから何すか？　子供みたいな顔して……」

「失敬な」

早足で歩くたけるに追いすがるように、小走りになる。そして、ゲームセンターを出たところで尋ねた。

「ここには、よく通ってるのか？」

「………」

「そう怖い顔をするな。俺は補導員でも警察の回し者でもない。通りすがりのおじさんだ」

「何だ。いい年したゲーマーっすか？」

たけるは少し警戒を緩めたようで、歩みがゆっくりになる。

「君は、なかなか見込みがあるな。反射神経、動体視力、リズム感……」

「そうでもないっす」

ちらりと見ただけだが、そのボタン捌(さば)きからは運動神経の良さが感じられた。ただのゲーム好きの高校生ではない。

「何かスポーツをやってるな？」

「やってないっす」

「よし、君がやってる競技をこの場で当ててやろう。あの動体視力は球技、それも小さな球を追いかける事で鍛えられた賜物(たまもの)だ」

はっとしたようにたけるが立ち止まる。

「小さい球といえばピンポンだ。だが、卓球選手にしては体がデカい……。バドミントンか？　いや、今の時期に薄(う)っすら日焼けしているという事は、室内競技ではない……。どうだ？」

怖気(おじけ)付いたように、たけるは後退(あとじさ)る。

「はっはぁ、図星か」

「あんた、気持ちわりぃよ！」

顔をひきつらせたたけるは突然、駆け出した。

「待てったら、待て！　人の話は最後まで聞け！」

必死で走ったが、通行人が邪魔で真っ直ぐ走れない。対して、たけるは器用に人の波を避けて、瞬く間に慎太郎を置き去りにした。

こまめにストップ&ゴーを繰り返し、徐々に小さくなる背中を見ながら呟いた。

「動体視力に加えて、脚も速い。万遍なく全身が鍛えられている……。分かったぞ。お前、野球部だな」

メンバー絶賛募集中

ぐわら、ぐわら、ぐわら。

早朝の爽やかな空気をぶち壊しにしながら、慎太郎は学校へと向かっていた。

前を歩く者達が、順にこちらを振り返る。

少し前からおかしな音を立てていた我がママチャリ。何かが引っかかっているのか、今朝は特に機嫌が悪い。油でもさしてやるかと思いながら、面倒くさくて放置していたら、ついに地獄の釜が沸騰したような音で抗議し始めた。

早めに登校した慎太郎は、自転車置き場にママチャリを止め、前後の籠から荷物を取り出す。ショルダーバッグの他に、両手に持った紙の手提げ袋がずしりと重い。教員の一日は長い。ただでさえ荷物が多い上に、今日は弁当を二個持参している。

白く長い廊下の果て、社会科準備室の引き戸を開けると、目の前に巨大な回転式の地球儀が人の侵入を防ぐように現れる。ずっと以前に購入されたらしく、全体的に茶色がかっていて、「触るな。危険」、「室内では静かに移動」と黄ばんだ紙が貼られていた。

ネジが馬鹿になっていて、うっかり衝撃を与えると、床に転がり落ちるという事だが、慎太郎がここに来てからは、まだそのような美味しい場面に出くわしていない。

　社会科準備室は、壁の二面にお互いが背中を向けあうような形でデスクが並び、各々のパソコンが置かれている。プリンターは中央の島に設置され、一番奥の窓際の特等席は、教科主任が二人分の場所を占領していた。

　早めに登校したというのに、部屋には既に人の姿があった。

天見綾乃だ。

　小柄でショートカットの、スポーティーな雰囲気の女性教諭だ。彼女は慎太郎を認めると、きっと視線を強めた。

「こないだの新一年生の実力テスト、あれはないですよ。鈴木先生」

内心、むかっ腹が立ったが、「そうですか？」と、すっとぼけて見せる。争いごとは時間の無駄だ。だが、天見は怯まない。

「私が受け持ってるクラスじゃブーイングの嵐でしたよ。平均点が三十点台だなんて、問題を作った方が悪いんですからねっ！」

　失敬な。

　もとはと言えば、赴任して早々の俺様にいきなり作問を押し付けた教科主任が悪い。ここで出会ったのが運の尽きだと思え。嫌がらせも兼ねて、クイズの適性を見る為にひねった難問だらけにしてやったのだ。

天見は問題文を取り出すと、読み上げた。

「『仙台藩祖伊達政宗の直系子孫で、満蒙独立運動や山東自治聯軍（れんぐん）に参加した人物を述べよ』。答えは伊達順之助（じゅんのすけ）……。こんなの教科書の範囲を越えてます」

いや。中国近代史オタクで、満州事変をテーマにした小説を読み込んでるような奴（やつ）なら解ける問題だ。

現に正解した奴が一人だけいた。

その瞬間の恍惚（こうこつ）とした気持ちを思い出す。採点中、感動して手を止めてしまう事など、そうそうなかった。そうして、三度見た。筆記体を思わせる流れるような字を。

結論から言えば、それ以外には見るべきものはなかった。取れるべき簡単な問題を取りこぼしていたし、点数も平均点を少し上回った程度。そこからプロファイルすると、学校の勉強はそれなりだが、自分の好きな分野には寝食を忘れてのめり込む。そんな資質を窺（うかが）わせる生徒だ。

その生徒の名は、河原崎雅（かわらざきまさし）。

ビン底眼鏡をかけた、学者タイプの生徒を彷彿（ほうふつ）させる名だ。いや、案外相手を油断させるような平凡な容姿をしているかもしれない。

河原崎雅。かわらざきまさし。読むほどに、知性を感じさせる響きだ。

「教科書を覚えていれば解けるというような出題だけでは、教員も生徒も楽しくな……。なっ！　何をやっているんですか？」

　天見が慎太郎の手提げ袋の中身を覗き込み、勝手に探り始めていた。そして、弁当を取り出し、「憎いなぁ。今日も愛妻弁当？　それも二個」と、からかう。慎太郎が独身なのを知っていて、わざとこういう冗談を言うのだから、性格の悪さが知れる。無言で弁当を取り返し、椅子の背にかけた白衣を羽織る。

「ねぇ、ねぇ。何で白衣なんですか？」

　いちいち煩（うるさ）い。

　慎太郎はこの天見が苦手だった。

遠慮を知らず、年長の慎太郎にも好奇心を隠さず、ぐいぐいくる。

　無神経。

　デリカシーがない。

　だが、若い女性教師は男子生徒に舐（な）められがちで、神経が細やか過ぎると泣かされる羽目になるから、このぐらい厚かましくて丁度いいのかもしれない。

「聞きましたよ。我が演劇部じゃなくて、化学部の顧問を引き受けたとか」

「あぁ、天見先生だったんですか。演劇部を受け持っていたのは」

「地歴が専門なのに、何で化学部なんです？　ひょっとして文系の皮を被った理系？」

それを言い出せば、演劇部顧問のお鉢が回ってくるのも道理に合わない。

「随分と教頭をてこずらせたそうですね。それも、首席で入学してきた生徒を盾にして」

天見は話を止めないが、相手をする時間と労力が惜しかったので、適当に聞き流しながら、今日の授業で説明する箇所を予習していた。

「……で、ナレーターをお願いしたいんですよ。鈴木先生には」

「はい？」

慎太郎の手が止まる。

ちょっと待て。いきなり話が飛んだぞ。

「……えーっと、何故、そういう話に……」

「もうっ！　鈴木先生ったら、やっぱり私の話をちゃんと聞いてくれてなかったんですね？　今、うちの部には女子しかいないんです。でも、次の演目には男性の声が欲しいんです」

全く話が見えない。

「あ、声だけの出演が不服でしたら、役者として舞台に立ってみます？　鈴木先生、絶対に舞台映えしますよ。その子供みたいな外見と、落ち着いた口調のギャップもシュールで……。あ、何処へ行くんですか？　ちょっと」

「そろそろ職員会議の時間です」

「まだ三十分ありますよ」

壁にかけた時計を、天見は指さした。

「私は今日、一限目から授業がありますので。じゃ」

まだ何か喋っている天見を振り切って、慎太郎は部屋を出た。

ちょうど、大納言が向こうから歩いてくるところに出くわす。こちらに呼び寄せ「お疲れさん」と労ってやる。

「負けたのは相手が強かったんだ。大したもんだ」

慎太郎は改めて、大納言の仙台四郎的な顔を見た。

――少しコツを教えてやっただけで、あそこまで勝ち上がるとはなぁ……。

百人一首の校内選抜大会で、大納言は決勝に残ると、三連覇をかけて出場した三年生を相手に、息詰まる熱戦を繰り広げた。

相手もさすがに強く、大納言は僅差で敗退した。

大納言の成長は目覚ましかった。重心を低く保ち、まるでカメレオンが獲物を捕らえるように俊敏な動きで、次々と札を取っていくさまは、練習の時の動きとは全く別人だった。

秘かに自宅で練習したのか、或いは猫を被っていたのか。いずれにしろ、百戦錬磨の俺様を油断させるとは大したものだ。

「クラスの女子達、お前を見る目が変わったぞ」

「もう、勘弁して下さいよ」

「何故だ？　素晴らしいじゃないか」

だが、大納言は俯いてしまった。

「何も恥じる事はないだろう。お前は本当に凄いんだ。自信を持て」

「つい、入り込んじゃったんです……。適当なところで負けて、見学に回るつもりだったのに……。気が付いたら……」

「気が付いたら？」

「これから僕が言う事、変に思わないで下さい」

「いいから、言ってみろ」

大納言は暫し躊躇った後、口を開いた。

「見えたんです。次に読まれる歌が」

床に置かれた札の中で、次に読まれる札が光って見えたというのだ。

突拍子もない話に、返事ができずにいると、「やっぱり、変ですよね？　もういいです」と大納言は溜め息をついた。

「ちょっと、待て。そういう現象は度々あるのか？」

「テストでは時々……。選択問題で迷った時、光って見える方を選んだら正解したって事はあります。ずっと、偶然だと思ってました」

妄想だとか、中二病だとか笑う気にはなれなかった。

クイズの世界にもこういう奴は時々いる。普段は平凡というより、むしろ鈍重なのに、ここぞという場面では何かにとりつかれたように、爆発的な能力を発揮するという。

プレイヤーの間では「イタコ型プレイヤー」と呼ばれているが、なりたくても、なれるものではないし、意識的に作り出せるものでもない。

「もしかしたらお前はとんでもない才能の持ち主で、クイ研のダークホースになるかもしれん」

「食いけん？」

今にも涎を垂らしそうな顔で言うので、即座に否定した。

「違う。クイ研。クイズ研究同好会だ。お前、本当にクイズに興味はないのか？」

「興味があるとかないとか以前に、よく分からないというか……」

「もし、少しでも興味を惹かれたなら、今日の放課後、化学実験室に来い」

「でも、僕は運動部に入ろうって考えてるんです。親が煩いんです。ダイエットしろって」

我が校には相撲部はないぞと言いたかったが、このガタイだ。柔道部かラグビー部あたりが欲しがりそうだ。

「まぁ、あまり難しく考えず、気楽に参加してくればいい。何なら運動部と兼部して……」

その時、いきなりガラリと扉が開き、天見が顔を覗かせた。

「何だか面白そうな話ですね？　ちょっと、私も交ぜて下さいよ」

扉の裏で聞き耳を立てていたのか？

こういう押しの強い女は苦手だ。

「と、とりあえず、一度、参加してみてくれ。お前の特技というか、その特異体質を生かせると思うぞ。じゃっ！」

慎太郎は小走りで職員室に向かった。

＊

「弥生人の生活において、特に米は重要だ。米。日本人の主食となる米は、おおよその時代には耕作方法が確立されていた」

カッカッとチョークの音を立てながら、慎太郎は「米」と黒板に書く。

「初期の稲／作耕作は低／湿地を利用して行われた。これを湿／田という。では、後／

期になるとより生産性の高い、灌漑を行う水田が作られた……」

教科書を手に、ぐるりと教室を見回す。

「誰か？　答えられる奴はいないのか？」

生徒達は口をあんぐりと開けたり、ノートをとる手を止めて慎太郎を見ている。

駄目だな。ここにはクイズに適性のある奴はいない。

せっかく俺様が押しポイントで区切って説明してやったのに、誰も答えようとしなかった。

「しょうがないな。もう一度言うぞ。問題。弥生時代後期に現れる地下水位が低く、灌漑を行う水田。この水田を何という？」

誰も手を上げないので、一番前に座っている男子を当てる。

「え、え？」

男子生徒は戸惑ったように、慎太郎の顔を見るばかりだ。

「何だ。分からないのか？」

「……ていうか、そんなの、教科書に載ってない……」

当てられた生徒は、ばさばさと教科書をめくる。

載ってなくて当然だ。日本史Aの範囲は、主にペリー来航から始まる近現代史で構成されている。

だが、慎太郎は容赦なく叱りつけた。

「馬鹿者！　この程度の事は常識だろうが！　誰か？　誰も分からないのか？　早乙女！」

返事がない。

「早乙女！　お前なら答えられるだろう？」

「あのぅ……」

遠慮がちな声は学級委員だ。

「早乙女くんなら、保健室です」

「ぬ？」

出席簿で確認すると、一限目は授業に出ていたようだ。今は二限目だ。具合でも悪いのか？

授業終了後、学級委員を呼び止めて事情を聞く。

「音楽の授業中、急に気を失って、保健室に運ばれたんです」

「な、何？　詳しく教えろ」

だが、学級委員は書道を選択しており、別の教室で授業を受けていた。

「誰か、音楽を選択してる生徒を呼びましょうか？」

学級委員は教室内を見回したが、大半の生徒は外に出てしまっていた。

「いや、それには及ばない」

自分を袖にした奴など放っておいてもいいのだが、妙に気にかかった。

保健室は職員室の並び、一階の人気が少ない場所にある。具合が悪くなった職員や生徒が、静かに休めるようにとの配慮だ。

「失礼します」

挨拶しながら保健室の引き戸を開けると、養護教諭、いわゆる「保健室の先生」は不在だった。

「おーい、早乙女ー。早乙女」

反応がない。

「いないのか？　早乙女？」

その時、奥の方から物音が聞こえてきた。

「何だ。いるんだったら、ちゃんと返事しろ」

ベッドの周囲に張り巡らされたカーテンを、勢いよく開く。

目が点になった。

女子生徒が、ベッドに腰掛けたまま読書をしていた。

「し、失敬！」

慌ててカーテンを閉める。

「あー、保健室の先生は何処かに行ったのかな？」

カーテン越しに尋ねたが、返事がない。

「開けるぞ」

今度は断ってからカーテンをそっと開く。

女子生徒は、先程と同じ恰好で本を読んでいた。そして、顔だけ動かして、慎太郎を見た。

額の中ほどで前髪がカットされたマッシュルームヘアは、ナイフで刻印したような切れ長の目を引き立てている。首がすっと長いせいか、第一ボタンまで留めたシャツも様になっている。ただ、胸板が薄く、全体的にメリハリのないマッチ棒のような体型だから、制服を着ていなければ男子と見間違えたかもしれない。

気になったのは、それだけではない。

波立たぬ湖面を思わせる表情は、ただの女子高生とは思えない落ち着きを見せていた。

何より、彼女が手にしているのは「養護教諭のための救急処置　第三版」と書かれた専門書だ。

「ほう、養護教諭志望か？」

「特に……」

彼女は慎太郎から視線を外すと、読書に戻った。観察していると、その読み方も独特だった。文字を目で追うのではなく、あたかもカメラで撮影するように開いた頁をじっと見つめている。

そして、おもむろに次の頁へと視線を移す。

その間、僅か数秒。

女子生徒はシャッターを切るように睫毛を伏せると、頁を繰った。

さり気なく、ベッドの足元に置かれた上履きを見る。学年ごとに色分けされたそれは青。新入生の色で、そこに「河原崎雅」とマジックで書かれてある。

どくんと心臓が跳ねた。

「お前、あの超難問に正解した……」

雅という名から、てっきり男子生徒だと思っていた。恐らく「みやび」と読ませるのだろう。

滑らかな筆致で「伊達順之助」と書かれていたのを、慎太郎はまざまざと頭に思い浮かべるが、それでも目の前にいる少女と、想像していた生徒のイメージが上手く結びつかない。

ぼんやりしていると、後ろからぽんと背中を叩かれる。

「……どうかしましたか?」

白衣を着た女性だった。

「あ、いや。早乙女に用があったのですが」

「たった今、帰りましたよ。お母さまが迎えに来て」

「えぇっ！　そんなに重篤な症状だったんですかっ？」

「お静かに」

養護教諭はこれ見よがしに耳を覆うような仕草をした。

「早乙女君は、すぐに意識を取り戻しました。自宅に連絡したら、車を出すと仰（おつしや）ったので……」

「早乙女は何故、倒れたんですか？」

「分かりません」

「分からない？　分からないってどういう事ですか？」

気を悪くしたのか、養護教諭の頬に血が上った。

「私は医者ではありません。それに、あの年頃の生徒にはよくある事なんです。高校に入ると環境が大きく変わりますからね。もちろん、帰りに病院に行くようにお伝えしましたけど」

そして、慎太郎の頭のてっぺんから爪先まで、ジロリと見下ろした。

「あなた、転任してきた鈴木先生ですよね？　いつから早乙女君の担任になったんですか？」

こちらを見る眼光が鋭い。

「担任でなけりゃ、具合を心配してはいけないって訳ですか？」

「そんな事を言ってるんじゃありません。というか、用がないなら出て行って下さい」

ぐいぐい押してくる。

「分かりました。分かりましたから。ところで、今、ベッドで読書をしていた女子生徒ですが……」

「河原崎さんが何か？」

「担任は、誰でしたっけ？」

「ご存知ないんですか？」

「もちろん、知っているさ。ただ、失念しただけだ」

「天見先生ですよ」

思わず「うへぇ」と呻いていた。

＊

四限目の授業を終えて社会科準備室に戻ると、天見が弁当の包みを広げていた。

慎太郎はどさりと椅子に座り込み、横目で天見を注視する。

よりによって、こいつが担任とはな。

どう切り出すか迷った挙句、とりあえず先に飯にしようと自分の弁当を広げる。

「……へぇ、蛸さんウインナーに卵焼き。これって、ご自分で作ってるんですよね？　へぇえ、へぇえ。意外とマメ……」

何時の間にか、天見が背中越しに慎太郎の手元を覗き込んでいた。

「ふ、不用意に近づかないで下さい」

弁当に蓋をしようとして、慌てて箸を落としてしまう。

「やぁですねぇ。センセったら。自意識過剰。ほら、顔が真っ赤」

天見は「あっはっは」と乾いた声で笑う。

できるなら相手をしたくなかったが、背に腹は代えられない。

「天見先生。後でちょっといいですか？」

「食べながら話しましょうよ」

天見は椅子に座ったまま、キャスターを滑らせてこちらに移動してきた。そして、慎太郎のデスクの上に自分の弁当箱とお茶を置く。

「河原崎雅について聞きたいんです」

天見は顔を逸らすと、あらぬ方向を眺めながら口に入れた肉団子の甘酢あんかけを咀嚼した。そして、二個目に箸を伸ばしたと思ったら、その手を止めた。

「彼女ねぇ、留年しちゃったんですよ。成績不振で」

そして、ふうっと溜め息をつく。

「おまけに新学期に入ってからは、テストが実施される時しか授業に出てなくて、登校するなり保健室に直行……。正直、頭が痛いんですよねぇ」

「それは、退学も視野に入ってきておかしくない状態ですな」

「元はと言えば、私が保健室に行くように勧めたんですけどね。とりあえずの方法として」

「とりあえずの方法？」

聞けば、河原崎は全教科満点で入学してきた生徒だった。

「実はですね、私は去年も河原崎の担任をしていて、見た限りでは一学期中は特に問題もなく、周囲の期待に応えてました。それが、二学期の中間テストで、いきなり赤点ですよ。それも全教科、中には白紙で提出された答案用紙も……」

トップクラスの成績をとっていた生徒が、いきなり全教科で赤点。

確かに只事(ただごと)ではない。

学校側も放置はしていなかった。

本人だけではなく母親を学校に呼び、話し合いをしたという。その場には天見の他、カウンセラーと学年主任まで同席した。

「お母さんも困っていました。中学時代も問題行動はなく、『勉強しろと言った事は一度もない』という事でした。そんな娘がどうして……と」

本人に理由を聞いても、「別に」とか「特に」としか言わず、具体的な理由は出てこなかったらしい。そして、その後の試験でも、成績は元に戻る事はなかった――。

「つまり、本人がいきなり勉学への意欲を失った」

「うーん。そんなとこでしょうねぇ」

天見の態度は、はっきりしない。

「もう一度確認しますよ。一学期中は特に問題はなかったんですよね？　そして、二学期に入ってから豹変したと。本人の生活が荒れている様子は？」

「なかったですよ。遅刻する事もなく登校してきてたし、部活も続けてました」

「それは変ですな」

通常、成績が急に落ちる生徒は、生活面も荒れてくるものだ。

「しかし、大人には分からない事情が隠されているのかもしれん。何か彼女のやる気を失わせるような事が起こったとか。夏休み中の河原崎の行動は保護者から聞いてますか？　たとえば、バイトをしていたとか」

外で刺激的な体験をし、急に勉強や学校生活に意欲を失うのはよくある話だ。

「だから、部活をやっていたと……」

目の前を小さな羽虫が飛び、天見が煩そうに払った。

「部活？　毎日ですか？」

夏休み中にも部活があるといえば運動部だ。だが、言っては悪いが、彼女はスポーツをするタイプには見えなかった。

「だからぁ、演劇部だったんですよ。顧問の私も活動日には付き合ってましたから、夏休み中の河原崎の様子も見ています」

「なるほど」

文化部ではあっても吹奏楽部や軽音楽部、演劇部などは日々の鍛錬が必要であり、大会に向けての練習の過酷さでは運動部に引けを取らない。

「考えられるとしたら、あとは苛めですかね。大人の目につかないところで苛めを受けていて、それが原因で勉強に身が入らなくなったとか」

「苛めを受けるタイプでもないし、仮に嫌がらせをされたとしても、本人が気付かないですよ」

「はっはぁ。いわゆる不思議ちゃんですな」

「かなり」

セリフの覚えは異様に良かったものの、実際に舞台に立つと緊張のせいか手足が揃って出たり、棒立ちになってセリフを喋るなどし、外部コーチを手こずらせていたらしい。

「何頁にも渡るセリフを一瞬で覚えるのに、動きは覚えられない。まぁ、その変な動きが面白いっちゃ、面白かったんですけどね」

外部コーチは彼女に複雑な動きをさせるのを諦め、羽根を背負わせたり、奇抜な恰好をさせるなど、舞台映えの工夫を考えていたらしい。

「それより、鈴木先生。何で河原崎にそこまで興味を持つんですか？」

「……例の難問に答えたからですよ。伊達順之助と正確に答えた生徒は、彼女ただ一人です」

「それだけですか？」

天見が顔を覗き込んでくる。

「もしかして、河原崎をクイズ研究会に入部させたいとか考えているんじゃないでしょうね？」

「考えてなんかないですよ。……それからクイズ研究会ではなく、化学部クイズ研究同好会です」

「どっちでもいいじゃないですか。……そうそう、ご存知ですか？　彼女のお父さんはクイズの世界じゃ有名な人らしいですね」

慎太郎のこめかみを、一筋の汗が流れる。

こいつ、知ってたのか？

「も、もちろん知ってますよ」

シラを切ろうと思ったが、やはり知らないとは言えなかった。こういう時、自分のクイズ研的気質が恨めしくなる。

「心当たりがあったので、ふと思いついて彼女の保護者名を調べました。宮城県。河原崎。少しでもクイズを齧（かじ）った事のある人間なら、ピンときますよ。彼女の父親は当時、テレビのクイズ番組では、『荒らし』と呼ばれていた人物です。つまり、我々クイズ界の人間にとってはレジェンドとも言える人物です」

小学生でクイズに目覚めた彼は、夏休みに開催された人気のクイズ番組で、小学四年生ながら決勝で六年生を相手に戦い、見事「小学生クイズ王」に輝いた。以後、中学、高校と目ぼしいクイズ大会では必ず決勝に残るほどの活躍をした。

圧巻だったのは、アメリカを舞台に開催されたテレビのクイズ番組。

往路の飛行機内で行われるペーパークイズを一位で通過しながら、運に恵まれず、何度も敗者復活戦を耐え抜き、決勝に残った時の事だ。

形式は早押し。

両者譲らず、勝負はなかなか決まらない。十ポイント先取、お手つき・誤答はマイナス一ポイント。そして、九対八に持ち込まれた時、緊迫した空気が漂う中で対戦者が誤答。相手がダメージを負った隙に二連荘（レンチャン）で解答権を取り、そのいずれにも正解してみせ、優勝を決めた。土壇場での冷静沈着な行動、畳みかけるような追い込みに、数多（あまた）のプレイヤーが度肝を抜かれた。クイズ好きの間では、今でも語り継がれる名勝負だ。

膨大な知識量、技術、判断力。そして、崖下に突き落とされても這（は）い上がってくる根性。

まさに慎太郎が理想とするプレーヤーだった。

欲しい。

あの父親の才能を受け継いでいるであろう河原崎は、新生バンチョ高校クイズ研究同好会に絶対に必要な人材だ。いや、彼女の居場所はクイズにあるはずだ。

ふいにノックの音がした。

「鈴木先生。いらっしゃいますか?」

生徒の声だ。

「何だー?」

立ち上がった拍子に躓（つまず）き、バランスを失って壁にぶつかる。壁が振動し、ドスンと重い音がした。見ると地球儀が床に落ち、こちらに向かって転がってきた。

「うわぁ!　来るな!　こっちに来るな!」

地球儀は蛇行しながら、それでも慎太郎のいる方角に転がってきた。バランスがおかしいのか、動きが変則的で転がる先が読めない。

弁当を抱えて逃げ惑いながら、天見が叫ぶ。

「だからぁ！　室内での移動は静かにって貼り紙してあったでしょ？　もおっ！」

地球儀はプリンターを置いたテーブルに跳ね返り、椅子をなぎ倒す。

「……あの、先生。大丈夫ですか？」

ノックした生徒が遠慮がちに部屋の扉を開いた時、地球儀は窓際にある教科主任のテーブルにぶつかって停止したところだった。

「………」

プリントや書類が散乱した惨状を、件の生徒は心配そうに、いや、好奇心を隠さずに見ている。

「用件は何だ？」

慎太郎は額に浮き出た汗を白衣の袖で拭う。

「佐伯先生がお呼びです」

佐伯というのは体育科の教員で、慎太郎が副顧問を渋々引き受けた男子バレー部の顧問だ。

「すぐ行く」

食べかけの弁当に蓋をして、部屋を出る。

＊

体育館の入口に立った途端、男子高校生の匂いが鼻先をかすめた。

コートではレシーブ練習の真っ最中だった。跳び箱に乗った男性が、高い位置から部員目がけてスパイクを打つ。坊主頭に太い眉、男子バレー部を育て上げた佐伯泰治教諭だ。

ボールと野太い声が宙を舞い、シューズが床をこする音がきゅきゅきゅきゅっと響く。

「ファイトー！」

「ドンマーイ」

「声出していこー、声出して！」

「元気出そう、元気！」

頃合いを見て、慎太郎は跳び箱の上に立つ佐伯に声をかけた。

「何か御用でしょうか？　佐伯先生」

頭上からじろりと見下ろされる。体格のいい男が台の上に乗っているのだから物凄い威圧感だ。おまけに「だいたい地歴の教員が、何故、白衣なんだ？　紛らわしい」と鼻で笑われた。

そんなの俺様の勝手だろうが。

「これは私の制服……のようなものとお考えいただきたい」

学生時代、クイズ大会に出る時は白衣に白髪の鬘、ひびが入った眼鏡でコスプレし、マッド・サイエンティストを気取っていた慎太郎だった。さすがにそのままの恰好で教壇に立つのは躊躇われたから、白衣だけを残した。これでも、慎太郎なりに配慮した結果だ。

佐伯は首からぶら下げたホイッスルを手にとり、勢い良く吹きならした。

「今から十分間の休憩！」

バレー部員達は体育館の隅へと向かい、ドリンクを飲んだり、タオルで汗を拭き始めた。

佐伯はひょいと跳び箱から飛び降りた。

大柄な割りに動作は機敏で、着地音は静かだ。股関節と膝関節で着地のショックを吸収しているのだろう。じっと見つめていると、気味悪そうな目をされた。

「……で、用件とは何でしょう？」

「放課後、百地という生徒を連れてきて欲しい。新入生だ」

顔と名前が一致しないが、クイズへの適性が感じられなかったから、覚えていないのだろう。運動部の顧問が興味を持つような生徒に用はない。

「百地はスポーツ特待生として入学した生徒だ」

「は？　うちにそんな制度ありましたっけ？」

「ない」

　意味が分からず、頭がこんがらがる。

「ないが、私がスカウトした生徒で、入学したらバレー部に入部する約束を取り付けている」

「つまり、配慮があった……と？」

　佐伯は答えない。

　もし事実なら、公立高校にあるまじき事態だ。

「にもかかわらず、百地は私の呼び出しをことごとく無視している」

「そんなに凄い生徒なんですか？」

「百地は中学時代には野球部で俊足の外野手として名を馳せていた。おまけに、陸上部員の代わりに駆り出された駅伝の県大会では、区間賞を取って上位入賞に貢献した」

　佐伯は「どうだ、凄いだろう？」と言わんばかりに胸を張る。

　凄いのは百地であって、佐伯ではなかったが、口に出すと煩いので黙っていた。

「野球と陸上競技の経験者なんですよね？　それが何故、バレー部に」

「母親が実業団でバレーボール選手として活躍した実績があり、本人も長身だ」

「つまり、バレーボールに関しては素人……」

佐伯の眉間に皺が寄った。

「分かりました。その生徒を連れて来ればいいんですね？」

それぐらいなら、協力してやってもいい。

「簡単じゃないぞ。既に野球部の囲い込みが始まっている上、陸上部やバスケットボール部も狙ってる。絶対にぬかるな」

要するに、有望な生徒の争奪戦が水面下で繰り広げられているのだ。

そして、転任してきたばかりで、まだ顔の知られていない慎太郎は、目当ての生徒をこっそり連れ出すのに都合が良いと考えているらしい。

「しかし、本人がバレーボールに興味がなければ、連れてくるだけ無駄になりませんか？」

「鈴木先生に頼みたいのは、百地に張り付いてる野球部員の隙を見て連れ出す事。以上」

言いたい事だけ言うと、佐伯はホイッスルで休憩の終了を告げた。座り込んでいた部員達は立ち上がり、小走りでコートに駆け込んでくる。

やがて、慎太郎など最初からいなかったかのように、練習は再開された。

＊

ホームルームを早めに終わらせ、まとわりついてくる生徒をあしらいながら、百地のいるクラスへと急ぐ。ホームルームが長引いているのか、教室の扉は閉じられたままだ。ガラス越しに教室を覗く。

一番後ろの席に、長身の男子生徒がいた。よく日に焼けていて、一年中、外で走り回っているような快活なイメージ。クイズとは真逆の位置にいるような男子高校生。あれが百地だろう。

ん？

慎太郎は目をこらした。そして、「あぁっ！」と叫びそうになった。

ゲームセンターで補導されかけていた少年・たけるではないか。

百地たけるは椅子に浅く腰掛け、だらしない恰好で背凭れに体重を乗せていた。そして、右手を机に置き、リズミカルにタップを繰り返す。頭の中は、一足先にゲームセンターに飛んでいるようだ。

「起立！」と号令がかかった途端、いきなり目の前でガラリと扉が引かれた。

「うわっ……と」

フライングで飛び出してきたのは、件の百地だった。「礼」の号令と共に、座席を離れたらしい。

「やっぱり俺様の推理通り、野球部だったな」

「うおっ、な、何で学校まで追いかけてくんだよ！」

「ふふふっ、驚いたか？『通りすがりのおじさん』や、『いい年をしたゲーマー』は仮の姿。俺様の正体は、高等学校地歴科の教員だ」

百地は顔を引きつらせながら戸口で立ちすくんでいる。

「おぉい、迎えに来たぞ」

振り返ると、慎太郎の背後に坊主頭の上級生が立っており、慎太郎を押しのけようとしていた。

「無礼者！」

慎太郎の怒声に怯んだ上級生は「わっ！」、「何だよ」と口々に何か言っている。

「これから、百地と話があるから、お前達は何処かへ行ってろ」

「えー」

「でも……」

「でもじゃない！　何処かへ行けと言ったら、行け！」

慎太郎の剣幕に、野球部員達はすごすごと引き下がった。

その隙に教室を出た百地は、いつの間にか廊下の壁際まで移動していた。

「しまった……。まさか、うちのセンセだったとは……」

今にも駆け出しそうな百地に「待て、待て」と牽制する。そして、野球部員が立ち去ったのを見届けてから耳打ちする。

「ゲームセンターで遊んでた事を咎めに来たんじゃない。実は、バレー部の顧問が君に会いたがっている」

「……俺、入部する気、ないんすけど」

「もう野球部に決まってるのか？」

「いや。だから、何処にも入るつもりはないんす。あの人達にだって迷惑してるし……。幾ら断っても誘いに来るんすよ」

「何故だ？　何故、入部しない」

「な、何故って……」

まさか、理由まで聞かれるとは思っていなかったのか、百地は言葉を詰まらせた。

「そんなの、俺の勝手じゃないすか？」

「とりあえず、ちょっと付き合え」

「だから、行かないって言ってるじゃないっすか」

「言う事を聞かないなら、生活指導にチクってもいいんだぞ」

「あ、きったねぇ。さっき、ゲーセンの事は咎めないって……」

廊下で揉めていると、誰かが声をかけてきた。無視して百地とやり合っていると、

「先生！」と怒鳴られた。

「何だ？　俺様は今、忙しいんだ。後にして……」

そう言いかけて、口を噤んだ。

そこには青い顔をした早乙女が立っていたからだ。

「……納得できないんだ」

「はぁ？」

「何で、僕が負けたのか……」

「……話が見えないぞ」

早乙女は黙り込んだままだし、百地は隙あらば逃げ出そうとしている。

「しょうがないな。二人とも一緒に来い」

そのまま化学実験室へと連れて行き、二人を中へ入れた。

窓際には赤い布で覆った会議用のテーブルが置かれていて、その前に二人を座らせる。

「何すか？　それ」

百地が興味を示したので、覆った布を取り去る。

ぴかぴかに磨かれ、綺麗にセッティングされた早押し判定機が姿を現した。子機が五

台と正誤判定ブザーが付いている。

「ゲーム……じゃねえな」

百地がしげしげと眺める。

「試しに押してみろ。ほら、早乙女も」

二人を子機の前に誘う。

子機に触れると、ポーンと音がして回転灯が点灯する。すかさず慎太郎がブザーを鳴らした。ブブー、ピロリロリンと続けざまに音をたててやる。「わ！」と百地は大袈裟(おおげさ)に叫ぶ。

子供か！

「へぇぇ、テレビで見た事はあったけど、こんな風になってんのか……」

百地が興味を惹かれたらしく、配線を目で追っている。

「で？」

二人を座らせた後、まず早乙女に向き直った。

「何が言いたい？　俺に分かるように説明してくれ」

「だから、百人一首です」

そこまで言われて、ようやく校内選抜大会に思い至った。

「もしかして、早乙女も出場してたのか？」

唇を噛む早乙女。

準決勝までは審判で忙しかったし、決勝では大納言が思いのほか活躍したので、早乙女の事はすっかり忘れていたのだ。

「誰に負けたんだ」

「名前は分かりません。こんな体の奴です」

早乙女は両手を広げた。

「何だ、大納言か。うちのクラスの代表だ。そうか、大納言に負けたのか」

「あんな奴がいるなんて……」

一回戦で早乙女と対戦した大納言は、一人で全ての札をとってしまい、早乙女は一枚の札にすら触らせてもらえなかったらしい。

「そうか。あいつ、早乙女を負かしたのか。なかなかやるなぁ」

「真面目に答えて下さい！　先生があいつに指導したんでしょう？」

まさかの一回戦敗退に、早乙女は暫しその場を動けなかったらしい。呆然とする早乙女を気の毒に思ったのか、大納言は慎太郎から競技カルタのコツを授かったのだと言ったらしい。

「置かれていた札の上の句は、全て分かっていたんだ……」

にもかかわらず、一枚も取れなかった。

　項垂れる早乙女に向かって、慎太郎はおもむろに口を開いた。

「確かに、知識という面では、お前は大納言に引けを取ってなかっただろう。だが、競技となるとそこにテクニックが介在する余地がある。技術を磨かないまま、知識にばかり頼っていると逆転現象が生じる」

「だから、その技術とか、テクニックというのは何なんですか？」

　すがりつかんばかりの早乙女に、「おや？」と首を傾げた。そこには、慎太郎を残党呼ばわりした時の思い上がった様子はない。

　腕組みをすると、慎太郎はにやりと笑った。

「何だ？　お前は俺様から競技カルタの指導を受けたくて、わざわざ来たのか？」

　早乙女は歯を食いしばったままだ。

「そうか。そんなに悔しいか。だが、大納言は俺様が受け持つクラスの生徒だ。担任としては、我がクラスから出た生徒に勝たせたい。攻略法を授けるのは当然だろう？　他所のクラスの生徒であるお前に、勝つ為のテクニックやコツを授ける義理などない」

「ぐうう」と、早乙女は顔に似合わぬ声を出した。慎太郎が想像していたより負けず嫌いなようである。

「もし、本気で俺様から何かを学びたいと思うなら、クイズ研究同好会でじっくりと研鑽する事だな。近道はないぞ」

「ちょっと待ったぁ！」

百地がさえぎる。

「先生。俺もクイズ部に入部させて下さい」

「クイズ部ではない。化学部クイズ研究同好会だ」

「だから、そのクイズ研究会にです」

「馬鹿か。運動部の顧問達は皆、お前を入部させようと手ぐすねを引いて待ってるんだ。お前みたいなのを入部させたら、何を言われるか分からん。迷惑だ。さっさと何処かに決めろ」

「俺、運動部には入らないって決めてるんす。部活は中学ん時で懲りたんすよ。練習は毎日で、遊びにも行けないし……」

「馬鹿者！」

百地は耳を塞いだ。

「いきなりキレるなよ……」と、唇をとがらせる百地に構わず声を張り上げた。

「クイズを舐めるな！　運動部より楽そうだからという理由で入部するような奴は、こちらからお断りだ！」

その時、がらがらっと教室の扉が引かれた。

「おぉ……。来てくれたのか」

怒りを忘れ、立ち上がっていた。扉の隙間から、大納言が顔を覗かせていたからだ。

「待っていたぞ。よく来てくれた。今日はお前の為に、早押し判定機を準備して待っていたのだ。さぁ、見てくれ」

今しがた、散々百地が弄り倒したボタンを、綺麗に並べ直す。

「いや、あの、やっぱり帰ります……」

見ると、早乙女が物凄い形相で大納言を睨んでいた。

「待て、待て……」

慎太郎は大納言の方へと走り寄った。慎太郎に腕を取られると、大納言はその場に踏ん張った。

「いいから入れ。……そこに座って。早乙女、百地、席を詰めてやってくれ。紹介しよう。こちらは学年一の秀才・早乙女。お前に負けて、余程悔しかったみたいだぞ」

早乙女は慎太郎を一瞥した後、再び大納言に目をやった。

「百人一首では敗れたが、次の中間テストでは絶対に負けない」

だが、大納言は相手が誰か忘れているようだ。「はぁ、初めまして」と間の抜けた挨拶をしている。その事がまた、早乙女の負けん気に火をつけたようだ。

「大納言という名に覚えはないな。少なくとも全国公開模試のトップ百には入ってなかったように思うが……。ちなみに県内で十位以内に入った事は？」

大納言は恥ずかしそうに顔を赤らめている。

「大学は何処を狙っている？」

早乙女がぐいと大納言に迫る。

「そんな先の事、まだ考えてなくて……」

もじもじと下を向いてしまった大納言。

「よし！　お前達は今日から仲間だ」

話が噛み合わない二人の間に、慎太郎は割って入る。

「え、でも……、僕はまだ入部するとは決めてなくて……」

大納言が小さな目をしょぼしょぼさせる。

「決まりだっ！」

「あの、僕は運動部に……」

「何を言うか。お前のその才能を生かせるのは、クイ研を置いて他になかろう」

その時、早乙女が立ち上がった。

「僕も入部するとは言ってません」

「そうか。残念だな。今日、ここには来ていないが、うちの入学試験で全教科満点を取った奴にも声をかける予定なんだがな、お前とは良きライバルになるんじゃないかと期待していたのに……。そうか、入部しないのか。残念だ。実に残念」

「全教科で満点？　それは一体誰ですか？」

「入部しないんだから、どうでもいいだろ。それより、百地。大納言は運動部に入ってダイエットしたかったそうだ。これも何かの縁だ。お前がしごいてやってくれるか？」

「え？　俺も入部していいの？」

百地が自分の顔を指さす。

「どうせ言っても聞かないんだろ」

「やった！　ラッキー。おい、お前、俺の言う通りにすれば痩せるぞ。ホントだってば」

にやりと笑うと、百地が大納言の肩を叩いた。

成り行きに目を白黒させていた大納言は、「はぁっ」と肩を落とした。そして、「よろしくお願いいたします」と百地と早乙女に頭を下げた。

面子は揃った

ぐわら、ぐわら、ぐわら。

地獄の釜が煮立ったような音を響かせながら、今朝も慎太郎は登校する。

遅々として進まない自転車を漕ぎながら、雅の事を考えていた。

成績不振に陥る理由は、幾らでも上げられる。

学校が楽しくない。合わない教師がいる。友人と揉めた。授業について行けない。もっと根が深い問題としては、思春期特有の虚無感、たとえば「勉強する事に意味が見いだせない」という心境に陥ってしまう事だ。

学校という狭い世界の片隅で、笑顔を作りながら、息苦しさに耐えている者は少なくない。だが、彼女の場合はそうではない。断言できる。

前方の信号が赤に変わる。ブレーキを引くと、自転車はぐぎぎぎぃと気味の悪い音を立てた。何か、この世ならざる者が乗り移ったかのような、狂暴な音だ。

隣に音もなくスポーツバイクが止まった。

跨(また)っている男はカスクのヘルメットを被り、モノトーンのサイクルウエアを着て洒落(しゃれ)のめしている。

歩行者用の信号が点滅を始めているのを横目で見ながら、慎太郎は前のめりの姿勢をとる。ペダルに置いた左脚にぐっと力を込め、右脚はリズムをとるようにトントンと地面を叩きながら、いつでも蹴り出せる体勢を整えた。

ゴー！

信号が青に変わった瞬間に、慎太郎は自転車を横断歩道に飛び出させていた。

その一瞬だけ、自転車は無音で進んだものの、やがて、ぐわららんと鈍い音を立てて軋み始めた。遅れて出たスポーツバイクが軽やかな音を立てて、すいーっと慎太郎を追い抜かして行く。その後ろ姿があっという間に遠くなる。

欲しい。

スポーツバイクとは言わないが、まともに走る自転車が。

学校に到着すると、ボロい自転車を駐輪場に投げ捨てるように止め、すぐに保健室へと走った。人目を避けて彼女が誰よりも早く登校しているのを、天見から事前に聞き出していた。

「いるか？　河原崎」

養護教諭の姿がないのを確認してから呼び掛ける。

「……あぁ、いるじゃないか。そんなとこに隠れてないで、出てきなさい」

ベッドの間仕切りカーテンの隙間から、こちらを見ている河原崎を呼び寄せる。

予想していたほど背は高くなかった。一六〇センチあるかないか。だが、腰の位置が高くスタイルがいいせいか、特に弄ってなさそうな制服も垢抜けて見える。

「奴らと組ませるんだったら、もう少し派手めにコーディネートした方がいいな。身頃を詰めて、スカートも短くして……。つまり、キャラ立てだ。戦隊物には分かりやすい二枚目とデブ、ガキ、ニヒルなすかした奴の他に、女子を一人交ぜるのがお決まりだからな」

それまで気だるげだった河原崎が、急に覚醒したかのように目を丸くした。

「『ガッチャマン』や『ジャッカー電撃隊』みたいなものですか？」

慎太郎は膝を打った。

「やはり！　やはり、俺が見込んだ通りだ！」

河原崎が瞬きをした。

「まさか、お前の年代で、『ガッチャマン』や『ジャッカー電撃隊』と淀みなく口から出るとは……。どこで知った？　親父さんの教育か？　それとも、お前自身が昭和戦隊シリーズへの嗜好が強いのか？」

「……確か……」

河原崎はまた瞬きをした。

「テレビマガジンから出版された、『決定版 全スーパー戦隊コンプリート超百科』で見た記憶があったので……」

「本で得た知識……か。……ちょっと待ってろ！」

慎太郎は踵を返すと、保健室を出た。

そして、校内から目当てのものを掻き集めてくると、急いで保健室へと戻った。

「さぁ、集めてきたぞ。図書室から鉱物図鑑、管理栄養士国家試験過去問題集、動物おもしろ雑学事典。広辞苑まであるぞ」

「それ、全部読みました」

息を切らしている慎太郎に、河原崎は事もなげに言った。

「さすがだな。そう言うだろうと思って、生徒から没収した雑誌も持ってきた。余計なものは学校に持ってくるなと言われてるのに、隠し持ってる奴がいるんだ……。おっと、エロ本ではないぞ」

慎太郎はおもむろに雑誌を手に取ると、頁を広げて河原崎の手に持たせた。

車好きの男子生徒が持っていた雑誌で、そこにはメルセデスSクラスのモデル四種の寸法、重量、エンジン、諸装置の一覧表が掲載されている。

河原崎の目がかっと見開かれ、数秒後に瞬きをしたのを確認すると、慎太郎は即座に雑誌を取り上げた。

「メルセデスのS400dの全長、全幅、全高を全てミリメートルで述べよ」

車好きの男子や技術者にとっては意味のある数字も、興味がない者にとっては、ただの数字の羅列だ。そうそう答えられるものではない。だが——。

「5125、1900、1495」

淀みなく、正確な答えが返ってきた。

「ではS400d4MATICとの顕著な違いを二つ述べよ」

「ステアリングと駆動方式」

「詳しく述べよ」

「前者は右ハンドルで後輪駆動、後者は左ハンドルで四輪駆動」

「……お前、車に興味があるのか？」

「全然」

「よし。次だ」

電気工事士資格試験の問題集を差し出し、同じように任意の頁を数秒間見せた後、問題を出す。またもや一字一句間違える事なく、すらすらと答えた。

他のものも同じだ。二十冊はあろうかという分野の違う本の中身を見せ、その中から問題を出すと、河原崎は正確に答えた。

「では、おさらいだ。先程のメルセデス、今度はホイールベースの長さを答えてもらおうか」

河原崎は親指を唇に当てると、暫し考え込んだ。

その間に、音楽室から流れてくるピアノの音が、細めに開けた窓から春の風と共に流れ込んでくる。

二度、三度と瞬きした後、河原崎はぱっと顔を上げた。その目に惑いはなかった。

「3035ミリ」

「正解だ」

慎太郎は感嘆の声を漏らした。

「思った通りだ。お前、カメラアイだな」

常人には信じられないだろうが、全国模試で上位に食い込んでくるような秀才の中には、目にしたものを写真のように正確に脳裏に焼き付けられる者がいる。

そういう者の勉強方法は一風、変わっている。

教科書なり参考書なりをじっと見つめるだけだから、傍から見ると何もしていないように見える。にもかかわらず、テストでは常に高得点を叩き出す。

今、見た限りでは、河原崎も写真的な方法で、ビジュアルから知識を脳に取り込んでいるようだ。

どうやら、天見も部活での指導を通じて、彼女のこの特殊な能力に気付いていた節がある。だから、河原崎を保健室へと避難させた。この白い空間は、彼女を余計な情報から守る為のシェルターなのだ。

——こいつは凄いぞ……。

興奮と感動に打ち震えていると、誰かが保健室の扉を開いた。

「どうしたんですか？　こんなに朝早くに……」

訝しげに近づいてきた養護教諭は、ベッドに散乱した書籍類を見て金切り声を上げた。

「何をやってるんですか！」

「ま、待って下さい。話せば分かる……」

保健室から追い出されると同時に、容赦なく大量の本や雑誌が廊下に放り出される。

「もう、ここには来ないで下さい！」

慎太郎の背後で、ぴしゃりと扉が閉められた。

＊

「頼みって何ですか？」

連れだって歩く早乙女は、不機嫌だった。

「部員が顧問の言う事を聞くのは当然だろ？」

全教科満点で入学した生徒の事が余程気になるらしく、それまで「入部しない」と頑なだった早乙女も、「検討します」と考えを覆していた。

「まだ入部届は出してないんですから、気安く用事を頼まないで欲しいですね。昼休みは午後の授業に備えて睡眠時間に充てたいんで……」

「もしかして何処か体が悪いのか？」

「健康上の問題ではありません。頭をリセットしたいだけです」

「そう言えば、お前、こないだ音楽の授業中に倒れたんだってな？」

「うっ」と呻くような声がした。

「……寝不足だっただけです。また、僕が倒れたら、先生の責任ですよ」

「ごちゃごちゃ言うな。お前は人が来ないように見張ってるだけでいいんだ」

「だから、ちゃんと説明して下さい」

「いちいち煩いな。お前が気になってる生徒……、全教科満点で入学した生徒が保健室にいるんだ。色々あって、今は教室には行かず、保健室登校しているんだ」

だが、その保健室から締め出しをくらった。

「正面突破は無理だから、窓から保健室の様子を窺うのだ」

早乙女は、まだ意味が分からないと言いたげな顔をしている。

「いいか？　誰か来たら知らせろ」

「どうやって」

「『山』と叫べ。そして、こちらからお前を呼ぶ時は『川』と叫ぶ」

呆れ顔の早乙女を他所に、慎太郎は左右を見渡し、人が来ないのを確認した。そして、植え込みの間へと滑り込んだ。ここは樹高の高い針葉樹が濃い影を作り、身を隠すにはちょうど良かった。

案の定、風を入れる為に、保健室の窓は薄めに開かれていた。耳を澄ませ、物音がしないのを確認した後、そっと脚立を広げ、最上段に足を乗せて背伸びをする。

雅は本を手に、ベッドに腰掛けていた。顔色は青いほどに白く、保健室生活が長いのが窺われる。

ふと、哀れに思う。

――河原崎よ。記憶の容量は無限ではないのだ。お前は自分でも気付かないうちにキャパオーバーを起こし、フリーズしたんだ。

自動車雑誌を見せた際、彼女は車に興味がないにもかかわらず、そのスペックや諸装置について正確に答えた。そして、その他の分野についても、瞬時に解答してみせた。ただ、一周した後に再び自動車についての質問をぶつけた際、答えるのに時間がかかった。

想像するに、河原崎は目にしたものを片っ端から記憶する一方で、授業で習った内容が上書きされてしまい、肝心のテストでは解答できなくなっていたのだ。

「また！　もう来ないで下さいって言いましたよね？」

しまった！

見つかった！

養護教諭が、つかつかと歩みよってくる。

「うわっ！　わわわぁ」

不意を衝かれてバランスを崩した慎太郎は、脚立ごと後ろに倒れた。幸い、植え込みがクッションとなり、怪我をする事はなかったものの、今度は脚立が足に絡まって立ち上がれない。

「全く乱暴な……。貴様、それでも女か……。早乙女ー、おーい、早乙女。ちょっと来てくれ。早乙女？」

だが、早乙女はなかなか現れない。そこで、事前に符丁を決めてあったのを思い出す。

「川！」

ようやく木の枝を腕で避けながら、早乙女が姿を現した。

「呼ばれたら、さっさと来い！」

早乙女に体を支えてもらいながら、脚立を蹴飛ばそうとするが、絡まった脚立はなかなか外れない。もがく慎太郎を、養護教諭が高みから眺めていた。呆れたような目つきで。

「あれは……」

早乙女がはっとしたような表情をした。見上げると、養護教諭の後ろから河原崎が顔を覗かせていた。

「お前が会いたがっていた生徒だよ。河原崎雅。昨年度に全教科満点で入学してきた」

「何で……。何で、あの人が……」

早乙女の目は河原崎をしっかりと捉えていたが、向こうは風景の一部としてしか見ていないようだ。早乙女を見ても、何ら感情を動かされた様子はない。

慎太郎は手でメガホンを作り、窓越しにでも聞こえるよう叫んだ。

「河原崎！　俺は絶対に諦めないからな！　知ってるか？　今、俺の隣にいる生徒は今年度、首席で入学してきた新入生だ。お前と一緒にクイズを極めたいと言っている」

だが、早乙女はくるりと背を向けた。

「おい、待てよ」

脚立をかついで追いかける。

「……やっぱり、……入部するの、やめます」

「一体どうしたんだ？　……待て」

「かかわりたくないんです」

歩みを緩めず、前を向いたまま言う。

「それは河原崎の事か？」

「あの人だけじゃありません。あの体育馬鹿や、かるた名人とかいう……」

「敵わないと思ってるんだろう」

「まさか」

「まさかじゃない。現に、お前は大納言に負けている。凡庸な秀才であるお前には、大納言が持つ天賦の才能が怖いんだ」

やるせなさそうな瞳で、早乙女が慎太郎を見返した。いつもの人を馬鹿にしたような、或いは敵意を剥き出しにした目でもなかった。

慎太郎は校庭の隅のベンチへと誘った。

「言いたい事があるなら、言ってみろ。聞くぞ」

早乙女は素直にベンチに腰掛ける。

「学年こそ違いますが、河原崎先輩の名は受験生の間では轟いていました」

「そうだろう。そうだろうとも」

全国公開模試で上位に入る者は、成績上位者一覧に名前が載る。顔ぶれは大抵同じなので、面識はなくとも名前だけは知っていて、勝手にライバル視していたりする。

そして、早乙女が通っていた進学塾の特進選抜クラスでも「全国公開模試ではトップの成績をとった事がある」だの、「暗記問題では敵なしだ」だの、何かにつけ河原崎を引き合いに出して、塾生達に発破をかけていたそうだ。

もちろん、早乙女もその優秀さで講師陣の期待を集めていた。

「それなのに、僕は全国公開模試でトップをとるどころか、河原崎先輩の足元にも及ばない順位で終わった……。血尿が出るほど勉強したのに……」

早乙女はがっくりと肩を落とす。

それは、子供の頃から「勉強ができる子」と一目置かれていた早乙女にとって、初めての挫折となった。

確かに、一般の生徒に比べたら早乙女も成績優秀者ではある。だが、次元の違うところで、彼らは戦っている。その結果、常に河原崎の存在が影を落とし、早乙女のプライドはずたぼろにされてしまった。河原崎とは同席すらしたくないと思うぐらいに。

「そうか……。だが、学校の勉強とクイズは違うぞ。決めるのは、彼女と手合わせをしてからでも遅くないと思うがな」

早乙女はそっぽを向いたままだ。

「えーい、いちいち面倒くさい奴め！　クイズとは何ぞや？　答えてみろ。また、遊びだとか、なぞなぞだなんて言ったら怒るぞ」

「競技だって言いたいんでしょ？」

「そうだ。静謐で緻密でありながら、実戦の場では泥臭さが命運を分ける競技だ。頭でっかちでは勝てないぞ。だから、俺様はクイズ研究同好会を秀才だけで埋め尽くしたくないんだ。百地や大納言を入部させたのも、そういう理由からだ。奴らはお前や河原崎が持っていないものを持っている」

「僕……が持っていないもの？」

「そうだ」

　慎太郎は一旦口を閉じ、言葉を選んだ。

「よく考えろ。勉強だ、受験だ。そんな狭い範囲で争うのが、そんなに嬉しいのか？　世の中には、クイズの世界にはお前や河原崎ですらも敵わないような相手がいて、その気になれば、お前はそういう奴らと出会えるんだ。いや、研鑽すれば、勝つ事だってできる」

　早乙女がゴクリと唾を飲み込んだ。

「だが、今のままでは勝てない。お前達は何処かが欠けている。どんなに完璧に見えても、成長途上の未完成な人間。それがお前達だ。もちろん、河原崎にも弱点はある」

「弱点？　あの河原崎先輩に？」

「ああ。致命的な弱点がな」

　身を乗り出す早乙女。

「だが、俺はお前に彼女の弱点を教えるつもりはない。そんなに知りたければ彼女と行動を共にし、自分で探す事だな」

＊

「ようやく三人揃った。三人いれば、団体戦にも出場できるぞ」

早乙女が入部届を出したのは、今日の昼休みだ。

「良かったですね。鈴木先生の苦労が報われて。……あ、ちゃんと分量を考えなさいよ」

化学部顧問の山田(やまだ)がおっとりと言う。

「きゃっ」と悲鳴が上がったから、そちらに視線をやる。

発泡状の物体がフラスコから溢(あふ)れ出し、テーブルの上に広がって湯気をたてているのに目を奪われる。実験中の化学部員達は、全員ゴム手袋にゴーグルで防備している。

つんと酢の臭いが鼻をつき、慎太郎は顔をしかめた。洗剤や酢、薬品を混ぜ合わせ、発泡させているのだ。

「新入部員が集まらない」と悩む部長に、山田は人目を引ける分かりやすい出し物、過酸化水素水と食器用洗剤にヨウ化カリウム水溶液を混ぜ、色を付けて七色の泡を発生させる実験を提案した。今は、その予行演習を行っているところだ。

「どうせなら、もっと激しい化学反応を発生させて、派手な演出で見せたいんですよね。何かを爆発させるとか、火花を散らせるとか」

おっとりとした口調で恐ろしい事を言う山田の声に、ドタバタと廊下を走る音が被さる。

「ラストスパートだ！　おい、なに歩いてるんだよ。走れ、走れ……」

今日は雨。

屋外には出られないので、廊下を使って運動をさせているのだが、少々熱が入り過ぎているようだ。威勢のいい声が室内にまで聞こえてくる。今度はガッシャーンとけたたましい音がして、山田が肩をすくめた。化学部員達も眉をひそめる。

誰かが転んだようだ。

百地が笑い声を上げているから、転んだのは大納言の方だろう。

「おい。生活指導部に注意される前に入れ」

二人を教室に呼び戻す。

汗だくで息を切らしている大納言に対し、百地はけろっとしている。

「ウォーミングアップは十分だろう？　今度は座って頭の体操だ」

「うおぉ、動き足りない。体にカビが生える」

叫ぶ百地の後ろで扉が開く。

早乙女だ。

「オトメ、遅いぞー」

振り返って叫ぶ百地。

「誰がオトメだ。……遅れてすみません。テストの事で担任の先生に呼び止められて……」

重たそうな鞄(かばん)をテーブルの脇に置き、椅子を引き寄せる早乙女は、既にシャーペンを取り出していた。

「優等生様は大変だねぇ」

からかう百地と汗だくの大納言を、早乙女は嫌そうな目で見た。

「やっぱりこの二人も一緒なんですか?」

「そう言うな」

早乙女には中程度の難度の、大納言と百地にはビギナー向けのペーパークイズを渡す。

真面目にシャーペンを動かす早乙女と大納言に対して、百地がじっとしていたのは最初の五分だけで、隣の大納言の手元をしきりに覗き込もうとしている。気付いた大納言が大きな体を被せて、手元を隠す。

「ちぇっ、ケチ。おい、オトメ。これって何て読むんだ?」

問題文の中に読めない漢字があったらしい。

「オトメって呼ぶな」

下を向いたまま、早乙女がボソリと言う。

「え、何で？　俺の事もタケルって呼んでくれていいんだぜ。面倒だったら、モモでもいいし……。あ、お前はダイな」

百地は大納言の肩をバシンと叩く。そして、そのうち早乙女が解いている問題を覗き込み、音読し始めた。

「やめろ。集中できない」

「あ！　この問題だったら、俺でも分かる。浦和市だろ？」

「馬鹿か？　東京ディズニーランドがあるのは浦安市だ」

「あ、ひっでぇ。馬鹿とは何だよ、馬鹿とは」

早乙女はそれには答えず、問題の続きを解き始めた。

「あれー？　怒ったの？　もしもーし」

誰からも相手にされなくなった百地は、観念して問題に向かったものの、「あー」とか、「うー」とか大袈裟な唸り声を発して、皆の邪魔をした。

元気が有り余っているらしく、その声が段々と大きくなってゆく。

——やはり、こいつを入れたのは失敗だったか……。

適当なところで時間を切り、採点をする。

早乙女は別として、大納言と百地の解答用紙には空欄が目立つし、百地に至っては答えを記入した箇所も間違いが多い。

慎太郎は「うむ」と腕組みをする。

金太郎飴のような秀才ばかり揃えるより、芸能ネタに強いミーハーや、どうでもいい雑学に詳しい奴が交ざった方がチームは強固になる。とは言え、規格外過ぎる百地をどう扱うべきか、まだ良い案は思いつかない。

「……ペーパークイズばかりだと、つまらないだろう。習うよりは慣れろで、とりあえず実際に大会形式でやってみようか。山田先生……」

それまで化学部員達を指導していた山田が振り返る。

早乙女と大納言が「え？」という表情をした。

「山田先生も大学時代に、サークルでクイズを嗜まれていたんだ。ブランクはあるが、侮るな」

「山田先生……クイズをなさるのですか？」

余程、驚いたのか、大納言の日本語が変になっている。

「皆、早押しクイズは初めてだろうから、簡単なルールで行こうか。先に十問正解した者が勝ち。三人には三点のハンデをつけてやろう。それでどうですか？　山田先生」

山田とて、経歴を聞いた限りでは素人に毛が生えたようなものだが、相手はズブの素人だ。このぐらいのハンデはつけてやらねばならない。

「異存はないです」

山田はくいっと眼鏡のつるを押し上げると、三人を順に眺めた後、最後に早乙女に視線をやる。「お手柔らかに」と言いながらも、その目がきらりと光る。

「あ、僕、今日は見学でいいですか？」

大納言が手を上げる。

「要領が分からないんで、とりあえず見ていたいんです」

「ばっかもん！　ここはかるた取りで勝ち上がったお前の、その能力と適性を試す場だぞ！　せっかくの機会に尻込みするとは何事だっ！」

「はいいいぃぃ」

「行くぞ。出題されるのは、今、ペーパーで出したような初級レベルの問題だ」

早乙女にとっては簡単な問題ばかりのはずだ。あくまで、ペーパーやボードクイズであれば、の話ではあるが。

「問題」

咳払いをし、慎太郎はおもむろに問題を読み始めた。

「ボウリングでパ……」

山田の前に置かれたランプが光った。

「三〇〇点」

慎太郎は正解のチャイムを鳴らす。ピンポーンと軽快な音が室内に響き渡り、化学部員達が飛び上がる。

慎太郎は問題の全文を読む。

「ボウリングでパーフェクトを達成した時、そのスコアは何点でしょう」

唖然（あぜん）としている早乙女に「だから、答えが分かってから押すのでは遅い」と言ってやる。

「問題」

すぐに二問目に移る。

「日本ペンクラブの第七代会長を務めた、第一回芥川……」

早乙女が動いたが、解答権を得たのは山田だ。

「石川達三」

高らかに正解のチャイムが鳴る。

「日本ペンクラブの第七代会長を務めた、第一回芥川賞を『蒼氓（そうぼう）』で受賞している小説家は誰？」

早乙女は悔しそうに「ちゃんと押したのに……」と呟く。

「ヘイヘイ、ピッチ、ノーコン」

ふざける百地の頭を、慎太郎は丸めた問題集ではたく。

「真面目にやれ」

「へいへーい」

百地はふざけて、目の前のボタンを続け様に押す。

「押すのは、問題が読まれてからだ。問題。野球で……」

百地が華麗なボタンさばきで解答権を得た。完全なフライングだったが、「さすが、元野球部員」と嫌味を言ってやる。

「山田先生を出し抜くとは、なかなかやるな」

「どうも」

「で、解答は？」

「ブー。分かりません」

「あのなぁ……」

化学部員達がくすくす笑い出し、それが嬉しいのか百地は顎を突き出して猿顔をして見せた。

「お前、邪魔。そこで見とけ」

百地を早押しボタンの前から追い払い、オブザーバーの席に座らせる。

「同じ問題で行きます。野球で、バントの構えからヒ……」

解答権を得た山田が「バスター」と答える。

「バントの構えから、ヒッティングに切り替える打法のことを何という?」

その後も、早乙女は解答権すら得られず、ストレート負けだった。大納言に至っては、訳が分からないうちに時間が過ぎてしまったのだろう。終わった後もぼんやりしたままでいる。

がっくりと項垂(うなだ)れ、顔を紅潮させる早乙女に「最初はこんなものだ」と言ってやる。

「気にするな。泳げない奴を、いきなりプールに突き落としたようなもんだからな。いいか? 慣れろ。今、山田先生が見せたような早押しは、反復練習の成果だ。つまり、何も考えていない」

「え?」

「は?」

早乙女と大納言が同時に反応した。

「ベタ問。つまり、手垢がつくぐらい頻繁に使われた問題には、押しポイントがあるんだ。たとえば、一番最初に出題した問題であれば、『ボウリング』の『ボ』が出た時点で反応できるように、プレイヤー達はベタ問をやり込むんだ。クイズ番組で、出演者が異常なほどのスピードで早押し正解しているのを見た事があるか? あれは出題がベタ問である場合がほとんどだ。そして、プレイヤー達はベタ問を確実に取ってポイントを争う。もちろん、レベルが上がれば、誰も答えられないような問題を取ってライバルを突き放すのだが、初心者が最初にやるべき事は、ベタ問を確実に正解できるようにする事。そして、押し負けない事……」

「鈴木先生」

その時、がらがらっと化学実験室の扉が引かれ、教頭が姿を現した。

「や。わざわざ陣中見舞いに来て下さったのですか？」

だが、教頭の目は慎太郎を飛び越し、百地を見ていた。

彼は今、化学部の女子に茶々を入れており、思いっきり嫌がられているところだった。

慎太郎に近づいてくると、教頭は耳元で囁いた。

「どういう事ですか？　苦情が来てますよ」

「は？」

教頭は百地に向かって目くばせする。

「スポーツでの活躍が期待できる生徒を、強制的に引っ張り込んでいると」

「強制的とは人聞きの悪い。本人が運動部への入部を希望していなかったので、代わりの受け皿を用意しただけです」

「私も鈴木先生の熱意に負けて大目に見てしまいましたが、目に余るようだと……」

脅すつもりか？

パワハラだ。

憤っていると、突如「きゃああ～」と室内を揺るがすような声と共に爆音が轟き、頭上から何かが舞い落ちてきた。

「熱いっ！」

「あちちっ！」

あちこちで叫び声が上がり、慎太郎にも一瞬、何が起こったのか分からなかった。

見ると、教頭の禿げ頭が黄みがかった物体に覆われ、黄色い鬘を被ったようになっていた。

「あ、大変だ！　教頭先生。早く落とさないと、おつむがずるむけに……」

百地が教頭の背中を押し、教室の外へと押し出した。

早乙女の眼鏡や大納言の衣服にも、べっとりと同じ物体が貼り付いている。恐る恐る目を落とすと、慎太郎の白衣も所々焼け焦げたような跡と、泡が付着していた。

「……一体、何が起こったんだ？」

暫くすると、百地が戻ってきた。

満面の笑みでピースサインを送ってくる。

「やるでしょ？　俺」

そして、床にへたり込んでいる化学部の女子達に「見た？　見た？」を繰り返している。

見ると、テーブルの上には泡の山ができている。

慎太郎はゆっくりと近付き、テーブル上の泡を除ける。中からは、何時の間に用意したのか、特大の丸底フラスコが現れた。ご丁寧にコルク製のフラスコ台に立てられている。そして、フラスコの中身はまだ反応を続けており、その細長い口からゆっくりと泡を吐き出している。

「なるほど。この細い口が銃口の役割をして、一気に発射したのか」

見上げると、天井や電球にまで泡がべったりと貼り付いていた。

「教頭先生を追っ払うのに試しにやってみたんすけど……。文化祭でこれをやって見せたら、化学部は入部者殺到っすよ」

戦犯の百地はあろう事か、抜群の運動神経でもって泡爆弾を避けられたようで、最小限の被害しか受けていない。

「あのなぁ……」

慎太郎が口を開いた時、背後からポンと肩に手を置かれた。荒い鼻息が首筋にかかる。

「これですよ！　これ。鈴木先生。文化祭はこれでいきましょう！」

山田の目は笑っていなかった。

謎だらけの活動

「鈴木先生って、御幾つなの？　ま！　三十を越えてらっしゃるんですか？　んまぁっ！　今でも学生服が似合いそうですよ。お世辞じゃないですってば。……ん、美味しっ」

　年の頃は四十過ぎかと思われる英語科の教諭は、真っ赤に彩られた唇をカップにつけた。「赤い唇」こと篠崎だ。

「ほんと、ほんとぉ。白衣を着ていらっしゃるから、理系の研究者みたいで、女子生徒の間でファンクラブができてるんですよ。ほんとですよ。嘘じゃないですってば」

　つやつやの髪をおかっぱにした、生徒から「こけし」とか「麗子」と呼ばれている音楽教諭が同意した。

「……あぁ、やっぱり、ここのチーズケーキは最高！」

「でも、エクレアもシュークリームも捨てがたいんですよねぇ。あ、こちらのクッキーも召し上がれ。さ、鈴木先生も遠慮せずにどうぞ」

女は三人揃わずとも、二人もいれば十分に姦(かしま)しい。食べて、喋って、また食べてと忙しく、慎太郎がとっくに相槌(あいづち)を打つのをやめているのに、ずっと喋り続けている。

無性に甘いものが食べたくなり、がらがらと喧(やかま)しい音を立てる自転車を漕いで、定禅寺通にある老舗のケーキ屋に飛び込んだ。

苺(いちご)が載ったショートケーキか、豊富に揃った焼き菓子か。ショーケースに貼り付かんばかりに吟味していると、ふいに二人が入ってきて、なし崩し的に取り囲まれてしまった。

ぼんやりと窓越しに欅並木を眺めていると、いきなり「本当にご結婚されていないの?」と聞かれた。

「は? 私の事ですか?」

聞いてきた篠崎は、早乙女の担任でもある。

「篠崎先生、そんな失礼な事を聞いちゃ駄目よ。……そうそう。噂によると、鈴木先生は前任校でも生徒にクイズを教えて、強豪校に育てたんですってね」

「麗子」が助け船を出してくれた。

どんな噂なのか気にはなるが、どうせろくでもない噂だろう。

「クイズ部を創設したのは私ですが、生徒が頑張ってくれたんですよ」

無難に答えておく。

だが、二人は感心したように頷く。

「まぁ、ご謙遜を」

「ほんと。生徒の活躍を、我が事のように自慢する人に聞かせてやりたいですよね。特にバレー部顧問の佐伯先生とか」

「そうよ！　頑張ったのは生徒なのにねー！」

「うちも起ち上げたばかりで、まだどういう方向で活動してゆくか決めかねてるんですよ。ま、今のところは早乙女が中心になって、よくやってくれています」

担任へのリップサービスも込めて、早乙女を持ち上げておく。

「そうそう！　早乙女くん！」

自分の受け持ちの生徒の名が出て、篠崎の顔がぱっと輝く。

「頭が良いだけでなく、お顔も良いのよねぇ。私、秘かに『さお様』と呼んでいるの」

「あぁ、早乙女くん」

「麗子」が眉をひそめた。

「あの子、勉強ができるのを鼻にかけてませんか？　ずっと音楽の授業をサボって、保健室にいるんですよ。一度、担任の方からも注意して下さい。あ、鈴木先生もお願いします」

理由を聞くと、お腹が痛いとか、頭が痛いとか、その都度、言う事が違っているのだと言う。

――はて？　何故、早乙女が保健室に？

保健室には河原崎雅が常時いて、主のように振る舞っているが、二人が交流しているような話は聞かない。

慎太郎はかっと目を見開いた。

「そ、そ、それ！　その件について聞きたいです！」

突然、大声を出した慎太郎に、二人は「ひっ」と声を上げ、会話をやめた。

「以前、早乙女が授業中に倒れて、保健室に担ぎこまれましたよね？」

自然と前のめりになっていた。

「ええ。確かに、そういう事がありました」

何故知っているのだと、「麗子」が訝しそうにした。

「その後からですよね？　早乙女のサボタージュが始まったのは。詳しく教えて頂けませんか？　早乙女が倒れるまでの経緯や、その時の状況について」

「詳しく……ですか？」

「早乙女は優秀な奴ですが、どうもメンタルに不安を抱えていそうなんで、把握しておきたいんです」

「そうですね……」

顎に指をやり、「麗子」は記憶を呼び起こそうとした。

「その時は私も注意して見てなかったんですが……。倒れた後で見ると、早乙女君は……カスタネットを握っていました」

「カスタネット……ですか？」

それは木製の、赤と青に塗り分けられたいわゆる、教育用カスタネットだという。特に何処といって変わったところのない、小学校で使うようなものらしい。

「珍しくないですか？　高校の授業でカスタネットを使うのは」

「ええ。高校生ぐらいだとピアノもギターもかなりの腕前の子がいますし、吹奏楽部の生徒もいます。ただ、音楽は選択科目でしょ？　中には抽選で音楽に振り分けられる子達もいる訳で、楽器が苦手だったりするので……」

彼らを救済する為に、簡単な楽器も置いているそうだ。

「篠崎先生はどうです？　保護者から何か聞いてますか？　体調が良くないとか、音楽の先生が嫌いだとか」

直接的過ぎる表現だったせいか、「麗子」が青ざめた。

「わ、私に問題があるっていうんですか？」

唇を戦慄(わなな)かせ、声を震わせた。

「さあ……」

心当たりがないようで、篠崎は合点がいかぬという顔だ。

そして、残っていたシュークリームを口に押し込んだ。白いクリームがはみ出し、唇が紅白模様になっていた。

＊

涼しい木陰を求めて、慎太郎は部員達を先導する。

「ここがいい」

運んできたマットを敷く。

用意ができたところで、ストップウォッチを取り出した。

「今日はプランクを一分、休憩を挟んで二セットだ。よーい……、スタート。まだ三十秒しか経ってないぞ。三十一、三十二……」

四十秒を過ぎた頃に早乙女は呻き声を上げ、ぷるぷると体を震わせ始めた。大納言に至っては姿勢が崩れ、別の運動になっていた。

きっちりと姿勢を保持しているのは百地だけだ。

「よし、三分休憩したら次、行くぞ。今度はスクワットだ。三十回を二セット。ワン・

ツー、ワン・ツー。そらそら、遅れるな」

全てのメニューを終える頃には、早乙女は汗だくになり、大納言も頬を真っ赤にしていた。涼しい顔でいるのは百地だけ。

「ウォーミングアップはこのぐらいにしておこうか」

「ウ、ウォーミングアップ……」

座り込んでしまった大納言は、呆けたように慎太郎を見上げている。

「そうだ。というか、お前、運動部に入ってダイエットするはずだったんだろ?」

「は、はぁ……」

「こんなので音を上げてたら、運動部など務まるものか。……ほら、今日は、ちょっとした遊びを教えてやろう」

三人の前で、ストップウォッチをカチカチと言わせる。

「あ、早押し!」

すぐに反応したのが百地だった。

「知ってるようだな？　簡単だ。スタート、ラップ、ラップ、ストップの記録をとるんだ。百地。やってみてくれ」

百地は見事な手さばきで、ストップウォッチを操った。

スタート、ラップを二連打してストップさせる。スタートからストップまでの時間。

いずれも、慎太郎が学生時代に出した記録を軽く凌駕していた。

——うーむ。俺様を出し抜くとは生意気な……。

負けじと慎太郎もトライしたが、百地の記録を抜く事はできなかった。

「ぬぬぬぅ。暫くやってなかったから腕が鈍ってるんだ」

これは練習せねばなるまい。

「へへっ、俺、ストップウォッチの早押しでギネスを狙ってるんでぇ」

「さあ、お前達もやってみろ」

大納言のむっちりした指は、意外と器用に動く。

「まあ、及第点かな」

一方、早乙女はストップウォッチを手に取ろうともしない。

「苦手な事から逃げてたらいかんぞ」と言っても、そっぽを向いている。

この性格は、いずれ早乙女の成長を阻む壁となるだろう。その前途を危惧したものの、しつこくは言わずにおいた。その時になって、否が応でも思い知らされるのだ。高校時代の俺様もそうだった。いずれは己の限界にぶち当たる。

「さて、今日は土曜日だ。授業は午前中で終わったから、活動時間はたっぷりある。そこで本日の活動だが……」

慎太郎を遮って、百地が声を上げた。

「センセー。今日は何をやらされるんすか？　池の泥すくい？　それとも雑草むしりっすか？」

早乙女が眼鏡を光らせて、百地を睨んだ。

「できれば、ああいうのは御免こうむりたいですね。結局、僕と大納言くんの二人でやる事になるんですから」

「おい、人聞きの悪い事を言うなよ。俺がサボってるとでも言うのか？」

「作業中にトイレに行くと言ったまま、終了間際まで戻ってこなかったのは事実だろう？」

先日、彼らは泥まみれになりながら、校庭の隅に捨て置かれたままの池の水抜きをした。中からは生徒達が捨てたジュースのパック類やペットボトルなどの他に、空気が抜けて苔まみれになったバレーボール、何故か自転車まで出てきた。

「しょうがねえだろう。腐った弁当を食って、腹を壊したんだからよぉ」

「都合のいい腹だな」

「でも、特大の金魚が三匹も見つかって、山田先生に喜ばれたじゃない」と大納言が口を挟む。

大方、誰かが家で飼っていた金魚を池に放し、それが大きく成長したのだろう。その金魚達は今、化学実験室で飼われている。

「うむ。そうだったな。山田先生だけじゃない。化学部の女子達も、名前を付けて可愛がってるぞ」

金魚達は、見つけた三人の名にちなんで赤いワキンはオトメ、黒がタケル、そして丸っこいリュウキンはダイと名付けられている。「ふざけやがって」と言いながらも、百地は嬉しそうだった。

金魚の話でうやむやにしてしまうつもりが、早乙女は話を蒸し返した。

「あの作業、何か意味があるんですか？」

慎太郎は腕組みをした。

――まだまだ青いな。

しかし、その意味や理由を、ここで説明するつもりはない。

「今は分からなくても良い。そのうち分かる。あー、それでは、本日の活動を……。今日は校外学習。行き先は『仙台市科学館』」

『仙台市科学館』は、昭和二十七年『サイエンスルーム』の名で発足した。以来、理工系、自然史系、生活系を中心に設備を充実させ、市内の中学生を対象にした実験指導も実施してきた。

もちろん、慎太郎も中学時代には入り浸っていた。中学時代の慎太郎のプライベートは、図書館と科学館に通う事で占められていたといっても差し支えない。

三人の反応はいまいちだった。

「遠足とか、家族に連れられて何度も行ったから、もう飽きた」だの、「子供が夏休みの自由研究のネタを探しに行くところだ」だのと、口をとがらせている。

「ノリが悪いな。楽しいじゃないか」

体験して遊べる科学コーナーがあるゆえ、どうしても子供向けのイメージがあるが、学術的な資料も豊富で、大人が行っても飽きない工夫がされている。

また、平成三年には館内コンピュータネットワークシステムを完成させ、同八年にはインターネットホームページを開設するなど、かなり早い時期からネット環境の構築に力を入れていた。

「あそこには今、お前達に役立つものがあるんだ」

「役立つもの？　僕達に？」

「そうだ。期間限定の催しだから、今しか利用できないんだ。着替えたら、すぐ集合だ。あ、そのまま帰宅するから、荷物は全部持って行けよ」

驚いた事に、普段はそう混雑しない科学館に、今日は行列ができていた。列は三重にもなっており、一体、何が起こっているのか分からない。

よく見ると、並んでいるのはせいぜい小学校四年生ぐらいまでの子供とその親達で、係員が掲げたプラカードには、「最後尾　デミ・ヒューマン」の文字が。

それは動物や恐竜、各種生命体の特徴を持つ人類・デミ・ヒューマン達が、それぞれの属性に分かれて闘うアニメで、ゲーム化されて爆発的に売れた上、各地で対戦イベントが開催され、子供達を中心に人気を博している。

「う、うわぁ。先生。何で、僕が『デミ・ヒューマン』にハマってるの、知ってるんですか！」

大納言が上ずった声を上げた。

「待て、待て。俺達が用があるのは、そっちじゃない」

今にもすっ飛んで行きそうな大納言を引き留める。

「いい年して『デミ・ヒューマン』なんか……」

半目になった早乙女が、冷やかに言う。

「『デミ・ヒューマン』なんかとは何だ！　なんかとは！」

「ほらぁ、先生。子供相手にイベントをやるぐらいだから、やっぱ、ここは小学生が来るとこなんすよ。高校生の俺達が来るとこじゃないっすよ」

百地も容赦ない。

「中身が小学生の百地くんに言われたくない！」

いつもは穏やかな大納言が、顔を真っ赤にして百地に食ってかかっている。

「待てよ……。確か『デミ・ヒューマン』には、ディノサウロイドやリザードマンが登場するな。恐竜人間にトカゲ男……。だから、科学館なのか」

合点がいった。

ディノサウロイドやリザードマンに萌えている子供であれば、恐竜や古代象の模型にも大喜びするだろう。対戦ゲームのイベントに参加するついでに、科学館も認知してもらおうという目論みなのだ。

「僕の推しキャラは、エルフィンです」

大納言は、ぽっと頬を赤らめた。

そして、おもむろにバッグの中から取り出したフィギュアを掲げて見せる。高さ十五センチほどのフィギュアは、透明の筒に収められていた。肌身離さず持ち歩き、時折、取り出しては眺めているのだろう。

「『デミ・ヒューマン』を馬鹿にする奴には、見せてやらないんだ。先生。ほら、可愛いでしょ?」

両手でフィギュアを包み込むようにして、慎太郎に見せる。

エルフィンは長い髪の少女で、髪や四肢にはつる状になった植物がまとわりつき、可憐な花を咲かせている。ヒラヒラとした白い衣装に、白いブーツという恰好で、手にはキューピッドが持つような弓矢、背中に矢筒をしょっている。

目ざとくエルフィンのフィギュアを見つけた子供が、羨ましそうな顔をして見せたから、大納言は慌ててバッグの中にエルフィンをしまう。

その様子に、百地は「きゃはは」と笑い出し、早乙女は他人の振りをした。

「クイズではアニメやゲーム、漫画から出題される事もある。そう馬鹿にするもんじゃないぞ」と二人をたしなめた。

入場券を買って科学館に入ると、古代象や恐竜の骨格見本、標本類を横目に、目当てのコーナーへと突き進む。

浮力や共鳴、鉱石など、小学生が楽しみながら勉強できるように作られている上階と違い、一階の入口付近には幼児向けの大きいシャボン玉や乗り物の他、触れられる標本が展示されている。

「あれだ」

慎太郎が指さす方向に、テーブル型の筐体（きょうたい）があった。

「ボタン早押し選手権だ」

平成四年、N社が作った対戦ゲームで、中央にプラスチックハンマーが設置されている。

ちょうど、一組の家族連れが遊んでいるところだったので、その様子を三人に見せる。

プレイヤーは互いに向かい合う形になり、スタートの合図と同時に手元のボタンを連打する。

父親を相手に対戦していた幼稚園児が「きゃっきゃっ」とはしゃぎ声を上げる。わざと負けてやったのだろう。父親の頭にプラスチックハンマーが振り下ろされていた。

「相手よりも速くボタンを叩かないと、ああなるんだ」

慎太郎達の視線を感じてバツが悪くなったのか、父親が「行こう」と子供を促し、場所を空けた。

「ふっふっふ……。さぁ、邪魔者は消えた。お前達、存分に戦うが良い」

「えぇ！　俺達がやるんすか？　これを」

百地が筐体と自分の顔を交互に指さした。

「まずは、俺が見本を見せてやる」

慎太郎はテーブルに肘をつき、慎重にポジションを決めた。そして、何度も足元を動かし、改めてフォームを確認する。それから、指先でボタンを押し、遊びを確かめる。

「うわ。マジだよ。センセー」

百地が半笑いになっている。

「さぁ、遠慮せずにかかってこい！」

三人は「お前が行けよ」、「嫌だよ」と肘を突っつき合っている。

「早くしろ！　ぐずぐずしてると、他の客が来るぞ」

今しも、幼稚園児を連れた家族連れが二組、こちらに向かってきていた。

「ええい、面倒くさい奴らだ。まずは大納言！　お前からだ！」

バンとテーブルに手を打ち付け、家族連れを牽制する。彼らは慎太郎の勢いにびくりとし、足を止めた。

「大納言！」

「は、はいいぃ」

周囲の目を気にしながらも、大納言は慎太郎に相対した。

「もっと頭を下げろ。両肘をしっかりとついて！」

「先にボタンを十二回押した方が勝ちだが……。ハンデをやろう。俺様は右手だけで押すが、お前は両手を使っていい」

スタートボタンを押すと、『まずは一回戦。用意』と音声が流れる。

怒濤の速さで連打する慎太郎に対し、勝手が分からずまごまごしている大納言。数秒後、ハンマーは大納言に向かって打ち下ろされた。その瞬間にピコンっと、とぼけた効果音を発するのが、いかにも子供向けだ。

「いてっ！」

大袈裟な声を上げる。

「これ、意外と痛いですよ！」

「ほら。二回戦行くぞ」

二回戦も取り、続く三回戦も余裕で慎太郎の勝ちだった。

「さぁ、今度は百地と早乙女で対戦だ！　早乙女、さっさと位置に着け！」

嫌がる早乙女を無理矢理、筐体に着かせる。

「二人とも初めてか？　なら、ボタンの押し方は好きにやれ。両手を使ってもいいし、片手でもいい」

案の定、百地が初心者と思えぬボタン捌きを披露し、早乙女は頭にハンマーを受けた。

こちらも三対〇で百地の勝ち。

「よぉし、今度は俺と百地で決勝戦だ！」

「おっしゃー！」

盛り上がっていると、傍で「あのぅ」と声が聞こえた。

髪を茶色く染めた、若い女性が立っていた。

「さっきから、ずっと待ってるんです。代わってやってもらえませんか？」

女の足元には、男児が二人と、女児が一人。

「あぁ、今から勝者を決める大事な場面なんです。申し訳ないが、暫しお待ち下さい」

と言い置き、百地と向かい合う。

「センセー。これって子供向けに、低くしてあるんすよねぇ」

大柄な百地は、ポジションを決めるのに苦労している。

「ぬはははは、ここは幼児体型の俺に分があるな！」

「おっし！　始めて下さい」

ようやくフォームが決まったらしい。

一回戦は慎太郎が取ったが、二回戦は百地に軍配が上がった。

「きゃっほう！」と奇声を上げる百地。

「ぬうう、こしゃくな。早押しで俺様を負かすとは、貴様、只者(ただもの)ではないな？」

「センセー。次も俺がもらうぜ」

そして、「用意、スタート」の声で、百地はボタンを壊しかねない勢いで叩き始めた。

だが、ハンマーが打ち下ろされたのは百地の方だ。

「いってぇ、何でだよぉ」

「愚か者め。叩きつけるようにボタンを押せば速くなるとでも思ったか？　それは素人の考えよ。見ろ。ボタンはこう押すんだ」

ふんわりと包み込むように手を添え、なるべく反動を利用せずに静かにボタンを押す。

「いいか？　解答権を得る為には、ボタンを速く押さなくてはならない。そのボタンの押し方にも個性がある。ボタンを包み込むように構えて中指の付け根で押す者、クイズボックスを人差し指以外で挟み込んで人差し指の力でボタンを押す者、人差し指の付け根の下をボタンに当てるように押す者。しかし……」

ボタンを前に講釈を垂れていると、いきなり後ろから襟首を引っ張られ、「ぐえ」と呻いていた。

「だ、誰だ！　無礼者め！」

振り返ると、背丈は百地、横幅は大納言クラスの大男が立っていた。

「そろそろ代わってもらえませんかねぇ。家内も困ってるんでね」

先ほどの茶髪の女と三人の子供達が男の背後に並び、恨めしそうに慎太郎を見ていた。

＊

「今日は何処まで走るんすかー？」

先頭を走りながら、百地が振り返る。慎太郎は遅れがちな大納言に並走し、五〇メートルほど後ろを走っていた。

月曜日の朝。活動は、ランニングから始まる。部員達はジャージで校門前に集合し、五キロ程度走っていた。

「瑞鳳殿まで行ってくれ」

校門から、今日の目的地である瑞鳳殿までは二キロ程度。途中、左手に東北大学の片平キャンパスを見ながら、広瀬川の方向へとひた走る。そして、突き当たりを右折すれば評定河原（ひょうじょうがわら）野球場。道なりに評定河原橋を渡ると、間もなく霊屋下（おたまやした）だ。

バス停・瑞鳳殿前で右手を見ると、そこには鬱蒼(うっそう)とした木々に囲まれた坂道が見える。瑞鳳殿はその坂の先、階段を登った先にある。観光客の為に杖(つえ)まで用意されている、急な階段だ。

坂を登ると、瑞鳳殿が見えてきた。

両側に杉が立ちはだかる約百段の石畳の階段は、各霊廟(れいびょう)境内の参道となっており、トレーニングにはうってつけの場所で、慎太郎がクイズ部員だった頃には二人一組となり、相手を肩車して交代で上り下りしたものだった。足腰の鍛錬にはなったが、ある時、バランスを崩した部員が、相手を肩に乗せたまま階段から転げ落ちて大怪我をし、瑞鳳殿への出入りが禁止されてしまったという事件があった。

仕方なく、大崎八幡宮(おおさきはちまんぐう)の階段を利用するようになったが、そちらでもクイズ部の悪評が聞こえていたようで、宮司からきつく戒められ、この階段トレーニングは廃止となってしまった。

今となっては、十五年も前の事など覚えている者はいないだろうし、何より伝統あるバンチョ高校クイズ研の精神性というか、とにかくやっておきたいトレーニングだった。

「今から階段を駆け足で上るぞ！」

その声に、百地はブースターが点火したように、階段を駆け上がって行く。

一方、早乙女は杉花粉の季節でもないのに、白々しくくしゃみを始めた。

「僕は花粉症なので……」

素直に「動けません」と言うのではなく、杉に責任転嫁するのが気に入らない。逆に言えば、自分の弱みを認めたくない負けず嫌いではあるのだが。

――こういうネジくれた負けん気は、いつか痛い目を見る。

だが、それは慎太郎とて同じだった。

「知らない」、「分からない」と言いたくないばかりに墓穴を掘るのはしょっちゅうの事。

ある意味、早乙女は最も慎太郎に似ていて、クイズ向きの性格であった。

一方、体力魔人の百地はとっくの昔に頂上まで駆け上がり、そこでガッツポーズで雄叫びを上げた後、今度は猛スピードで駆け下りてきた。

――あのバカも、どうしたものか……。

気が付くと、一緒に上り始めた大納言の姿がなかった。

振り返ると、四つん這いになって息を荒らげている。

「こら、休むな」

「も、もう駄目……」

本当に動けないようで、押しても引いてもビクともしない。

「しょうがないな。休憩しよう」

「皆、だらしないなぁ。俺は走りながら歌えるぜ」

調子に乗った百地が、歌い始めた。

「お、上手いじゃないか」

「センセー、次の校外活動は、カラオケなんかどうっす？」

「悪くないな」

クイズには、歌の出だしで曲名を当てる問題も出る。

「せっかくだから、化学部の女子も呼びましょう」

「何だ、そいつが目当てか」

呆れていると、白々とした声が聞こえた。

「僕はいいです」

早乙女だった。

「オトメは何でそう……、白ける事ばっか言うんだ？」

「そういえば、早乙女。お前、音楽の授業をサボってるらしいな」

早乙女は、はっと息を呑んだ。

だが、「どうなんだ？」と問いかけると、悪びれもせずに言った。

「音楽なんて、やっても意味ないでしょう？　だから、保健室で自習してるんですよ」

「お前なぁ……。今の言葉を聞いたら、音楽の先生がどう思うか」

「美術も書道も定員が一杯で、抽選で割り振られたから仕方なく受けてるだけです」

百地と大納言が「仕方なく？」と、同時に復唱した。

「仕方なくって、ちょ、おまえ……。美術や書道みたいに課題はないし、授業中に歌ってりゃいいんだから楽じゃないか」

「苛々するんだよ。音楽の授業は」

「早乙女、そういう言い方は……」

説教してやろうと口を開きかけた時、何処からか「ファイトーファーイト」と威勢のいい掛け声が近づいてきた。

見ると、朝練中のバレー部員達だった。

「こらぁ！　声が小さいぞ！」

怒鳴るのは、並走している佐伯だ。

「おーっす。ファイトー、ファーイト！」

こちらに目をやった佐伯が、部員達に向けて怒鳴った。

「お前ら、このまま走って先に学校に帰ってろ」

「おーっす」

部員達の声と足音が遠ざかる。

佐伯が、こちらに近づいてきた。

「百地。ちょっと来い」

忍び足で逃げようとしていた百地は、その場で固まった。そして、「俺は、バレー部なんか入らねえぞ」と言いながら、後退り(あとじさ)を始める。

「お待ち下さい」

百地と佐伯の間に割って入る。

「あぁ、鈴木先生もいたのか？」

その物言いにむっとする。

「どうだ？　百地。そろそろバレー部に入らないか？」

慎太郎の頭を飛び越して、百地に呼び掛けている。

「や、それはいけません。本人の意思が大事です」

勝手に話を進める佐伯を押しとどめる。

「そうそう。俺は自分の意思でクイズ部にいるんすよ」

「ばっかもん！」

佐伯の怒声が轟く(とどろ)。

「恵まれた体格と資質を持ちながら、何という怠慢……。俺は情けないぞ」

「別にスポーツで頂点を極めたいなんて思ってませんから。俺は楽しく生きたいんです」

百地の言葉に、慎太郎は（そうだ、そうだ）と胸の内で叫んだ。

「鈴木先生。ちょっと……」

佐伯が目配せをしてきたので、慎太郎は三人を「先に戻ってろ」と追いやる。

石段の下で、二人は対峙した。

「部員も順調に集まっているようだし、百地のような生徒になぞなぞをさせる事はないでしょう。教頭先生にもお願いしてあったんだが、上手く煙に巻かれたようで……」

そう言えば、百地の機転で教頭を追っ払ったのだった。禿げ頭に、化学反応で発生させた物体をべったりと貼り付け、目を白黒させていたのを思い出した途端、笑いが込み上げてきた。

「何が可笑しいんです？」

佐伯が苛立たしげに咳払いをする。

「部員達を使って点数稼ぎをしているようだが、私の目は誤魔化せない」

「点数稼ぎ？」

「あの三人組が校内の雑草抜きやら、ドブさらいをしていると、職員室で評判になっている。鈴木先生の差し金でしょう？」

「評判？」

「何だ、知らなかったのか？」

佐伯が意外そうな顔をした。

「どんな評判ですか？」

「藪蚊の巣だった校庭の隅の草むらや、ゴミ捨て場代わりにされていた池が綺麗になっている。で、鈴木先生は一体何を始めたのかってね……。中にはボランティア部だって勘違いしている教諭もいますよ」

「あぁ、あれも活動の一環ですよ。クイズの為にやってるんであって、他意はありませんよ」

「クイズの為の活動？　あれが？」

「そうです。別にクイズ研究同好会の心証を良くする為にやってるんじゃありません」

雑草抜きの後は、図鑑と首っ引きになって自分達が抜いた野草の種を同定させたし、池の水抜きの時も採取した生物で同じ事をさせた。

佐伯は、まだ訳が分からないという顔をしているから補足した。

「クイズに必要なのは、『知力、体力、時の運』と言いまして……。もちろん、机の上の勉強で、知識を頭に詰め込む必要もありますが、自分で採取した動植物の名は忘れない。そして、長時間に及ぶ作業で自然と体力がつき……。あれがボランティア活動というなら、あくまで副産物としてのボランティアでしょうな」

「………」

「そして、文句を言いながらも、彼らは休まずに部活動に顔を出しています。楽しいんですよ。手当たり次第に草を引いたり、ドロドロの池の中から金魚が見つかったり……。バーチャルな遊びや、ゲームでは得られない楽しさがある」

「楽しい、ねぇ……」

「お言葉ですが、私の目にはバレー部の生徒達が楽しそうには見えない。そして、そんな所に百地をやりたくはない」

佐伯は口を引き結んだ後、重い声を出した。

「自分で何を言ってるか分かっているんですか？」

暫し睨み合った後、佐伯はくるりと背中を向けた。

「まだ、諦めていないからな」と捨て台詞(ぜりふ)を残して。

＊

「鈴木先生。ついに完成しましたよ」

化学実験室のテーブルには、剝(む)き出しの電子回路基板に繫(つな)がれた機器やパソコンが置かれている。

「『京都市青少年科学センター』に置いてある設備に近いものができたと思います」

これは早押しタイム測定器で、以前から山田に製作を頼んであった。

「部活で使うんだったら、これで十分ですよ。かたじけない。では、早速、試してみましょう」

慎太郎はボタンに手の平を押し付け、ポジションを確認した。

「お待ち下さい。これは鈴木先生が遊ぶ為ではなく、生徒の為に作ったんですよ」

「ちょっと試すだけですよ」

「駄目ですったら」

山田が慎太郎を押しのけるようにしたから、バランスを崩し、咄嗟に伸ばした手で山田の白衣の襟を摑んでいた。

「うわぁ！」

叫び声を上げながら、山田がこちらに倒れ込んできて、折り重なるように床に倒れた。

「いってぇ……」

したたかに背中と腰を打った上、山田の体重が加わって動きが取れない。

「山田先生。どいて下さい」

だが、山田も何処か打ったようで、顔をしかめている。

「……う、ちょっと待って下さい」

その時、誰かが教室の扉を開いた。

「せんせー。鈴木せんせっ？　いる？」

天見だった。

顔を左右に動かし、教室内を見渡しているが、テーブルが邪魔になってか、倒れている慎太郎達に気付かないようだ。

「うん、もう……。シンちゃん、何処に行ったのかしら？」

誰がシンちゃんだ？　と思ったが、今はそれどころではない。

「あ、ちょうど良かった。助けて下さい」

天見は教室内に足を踏み入れ、こちらを覗き見た。そして、ぎょっとしたように息を呑んだ。

「きゃっ、一体、何をやってるんですか？」

天見は恐る恐るといった様子で、変な方向にねじ曲がった慎太郎の腕を正常な位置に戻し、絡み合った山田の脚をほどくのを手伝った。

「はい。動いていいですよ。もう、いつまでもくっついちゃって……。ほんと、独身男性同士で仲の良い事……」

「誤解しないで下さい！　山田先生も、早くどいて下さい！」

山田は体を起こすと、傍らにあった椅子を頼りに、ゆっくりと移動する。そして「あたたたた」と膝を摩(さす)りながら立ち上がる。

「保健室で湿布を貰(もら)ってきます」

天見の横をすり抜け、部屋を出て行く。

「山田先生、大丈夫ですかー？　代わりに私が貰ってきますよー。……行っちゃった」

慎太郎も立ち上がると、四肢を動かし、何処も怪我をしていないのを確認する。

天見は、早押しタイム測定器を覗き込んだ。

「何ですか？　これは」

「部活で使用する実験道具ですよ。あ、触らないで下さい。それより、何の用ですか？」

「何の用って……。見学に来たんですよ」

「は？」

「だから、クイズ研究会の活動を見に来たんです」

「何故？」

「興味があるからに決まってるじゃないですかっ！　もう！」

そんなやり取りの最中、部員達がやって来た。山田も一緒だ。手には湿布薬を持っている。

早押し判定器を見た途端、百地が駆け寄ってきた。

「待て、待て。おもちゃじゃないぞ」

覆いかぶさるようにして、慎太郎は百地の手から器材を守る。

「ケチ！　見るぐらい、いいじゃないっすか」

「俺だって、まだ触ってないんだ」

山田が「まぁまぁ」と得意げな顔で割って入る。

「これは徹夜で作ったんです。まずは説明を……。この器材には、既製品の電子工作キットを使用しています。簡単に言えば、合図が出たらボタンを押し、その間の時間を計測できるようになっているんです。つまり、早押しのスピードが確認できる。今から見本を見せますよ」

山田が右手の人差し指と、それ以外の指で順にボタンを押してゆくと、その度にデジタルタイマーに時間が表示される。

「だいたい〇・一九から〇・一四秒か……。まだ腕は落ちてないですね。次は反対の手で試してみましょう」

山田は左手でボタンを押す。

「〇・一二秒。僕は何故か、昔から利き手じゃない方が速かったんですよね」

楽しそうな山田を見るうちに、段々と腹が立ってきた。

「いいから、早く生徒と代わって下さい！　まず、一番手は百地！」

百地はゲームで鍛えた抜群の反射神経を発揮し、山田が出した〇・一二秒をあっさりとクリアした。

「お、やるじゃないか」

大納言も〇・二二秒と初心者にしては、まずまずの数字を叩き出す。

「二人ともいいぞ」

最後に残された早乙女に注目が集まった。

拒否するかと思ったが、素直にボタンの前に座る。

だが、早乙女が叩き出した数字は、慎太郎に衝撃を与えた。

「〇・八二……。〇・二八の間違いじゃないよな？　もう一度、やってみてくれ」

だが、何度やっても、早乙女は最初に出した数字以上のタイムを出せなかった。

見る間に、早乙女の顔が赤らんでいく。

「こ、細かい事は気にするな。反応時間が速くても、答えが分からなければ意味がないんだからな。それより……。いよいよ実戦だ。お前達のデビュー戦だぞ」

「デビュー戦？」

「そうだ。高校の新入生ばかりを対象にした大会を見つけた。三人とも、その日は予定を入れるなよ」

「あ、僕は模試の勉強をしたいんで……」

早乙女が何か言っていたが、「全員参加だ」と黙らせた。

オトメのピンチ

その日、慎太郎は運営を手伝う為に、午前七時に会場入りした。

会場は仙台市内にあるスポーツセンターで、あちらこちらで「やあ、やあ」と挨拶が交わされている。クイズの世界は狭い。顔見知りだらけだ。

今日のイベントを主催するのはG学院大学クイズ研究会で、新入生限定の高校生クイズ大会となっていた。

主催のG学院大学の有志学生達は何日も前から問題や小道具を準備したり、進行の段取りを考えるなどしており、当日は会場設営の他にも受付や司会、問読み、採点や参加者の誘導など、やる事は幾らでもある。

運営側の人数は十分ではなかったらしく、慎太郎も加勢を頼まれていた。そこで部員達の引率は山田に頼んであった。

会場でパワーポイントの動作を確認していると、「せーんせっ」と声がかかった。振り返るなり「げっ」と変な声を出していた。

ポロシャツにショートパンツという若作りの天見が、嬉しそうに手を振っていた。その後ろに早乙女、百地、大納言の三人。

「な、な、何ですか？　何故、天見先生が……」

説明を求めるように後ろの三人を見たが、げんなりした表情をするだけで、無言だ。

「それがですねぇ、山田先生、御親戚に不幸があったらしく、今朝になって連絡があったんですよぉ。代わりに、引率してもらえませんかって。そういう訳なんですよ。シンちゃん」

そして、「うふっ」と小首を傾げて見せた。

「え、シンちゃん？」

「そういう関係だったの？」

百地と大納言が顔を見合わせ、天見と慎太郎を交互に見た。

「な、馴れ馴れしく呼ばないで下さいっ！」

「あら？　女子生徒は皆、シンちゃんって呼んでますよ。それより、私は何をすればいいんですか？」

慎太郎は咳払いをした。

「今日、私は運営の手伝いで忙しいんですから、いちいち聞かないで下さい。そこに進行表が貼って……」

その時、入口に見覚えのある顔が現れる。向こうもすぐに慎太郎に気付いた。

「鈴木先生!」

頬にニキビをこさえた男子生徒が駆け寄ってくる。半袖のシャツにグレーのベストは、この季節の第二高校の制服だ。

「おぉ、土門じゃないか!」

「お久しぶりです」

律儀な姿勢で、ペコンと頭を下げる。

「今日は新入生を連れて来たんです」

後ろには、五人の生徒が控えていた。彼らに向かって、土門は慎太郎を紹介した。

「みんな、こちらは昨年度まで指導をして下さっていた鈴木慎太郎先生だ。いつも話してるから、先生の事は知ってるよな?」

五人の目が、一斉に慎太郎に注がれた。

「新しい顧問は誰になったんだ?」

土門は慎太郎も懇意だった教諭の名を上げた。特にクイズに興味を持っていると聞いた事はないから名前だけの顧問で、実質は土門が率先してクイズ部を指導しているのだろう。

「土門。お前、今年は受験生だろう? やっぱりG学院大学志望か?」

「いえ。T大学を目指します」

「あそこにもクイズ研究会はあるが……」

G学院大学に比べて、戦力的に弱かった。

「僕が強くするんです。仲間を集めて。先生が僕達を強くしてくれたように」

「そうか……。よく言ってくれた」

不意に目頭が熱くなる。

慎太郎は夢見ていた。

大学へと巣立った彼らが、今度は新たな場所でクイズプレイヤーとして活躍し、いずれは慎太郎のように後進を育てる事に意欲を見せてくれるのを。そして、クイズを単なる部活に終わらせず、生涯のライフワークにしてくれたなら、これほど嬉しい事はない。

「……で、先生は今日は……」

慎太郎は回れ右をした。

「おい、集まれ！」

参考書を広げている早乙女、そして、参加者の女子生徒の品定めをしている大納言と百地を呼び寄せる。

「こちらは第二高校クイズ部の部長、土門竜一（りゅういち）くんだ」

「よろしくお願いします」と頭を下げる土門に対して、無反応の三人。

「こらぁ！　ちゃんと挨拶しろ！」

三人は口々にもごもごと何か言った。

「彼らが、先生の新しい教え子ですか？」

土門は目を輝かせ、「どなたが部長ですか？」と交互に三人の顔を見た。

「………」

「はぁ……」

「えーっと、そんなのいたっけ？」

反応の鈍い三人に、土門が困ったような表情をした。

「やっぱ、部長がいないのは変だよな。おい、今からじゃんけんで決めようぜ」と百地が言い出し、早乙女が激しく抵抗している。

「僕は絶対にやらないぞ」

「ダイ。お前は？」

百地の言葉に、首をぶんぶん横に振る大納言。

「何だよお前ら。ノリが悪いな」

「だったら、君がやれよ」

「無責任な事を言うな。このオトメ野郎！」

「オトメと呼ぶな！」

早乙女と百地が突き飛ばし合いを始める。

「やめろ！　みっともない！　俺が恥ずかしいじゃないか」

収拾がつかなくなったので、慎太郎が割って入る。そして、土門を振り返った。

「うちは起ち上げたばかりな上、大人の事情で化学部に間借りさせてもらっている。部員も三人しかいないし、今年は同好会として活動する予定だから、本格的な始動は来年以降だ。部長も決めていない」

「そうでしたか。だったら、来年は強力なライバルになりますね。今日も手加減しませんからね」

その時、いきなりつんつんと肘で突かれた。

「シンちゃん。私の事も紹介して下さいよ」

天見がいつの間にか傍にいた。

「副顧問の天見です。あなた達、第二高校なんだ。第二高校には私の同級生がいて……」

「だ、誰が副顧問ですかっ！　……ちょっ、懐かないで下さいっ！」

知らぬ間に腕を組まれていたから、思いっきり振り払う。

「じゃ、じゃあ、土門！　また後でな！　早乙女、百地、大納言も頑張れよ！」

そそくさとその場を離れる慎太郎。

背後から「あん、つれないシンちゃん」という声が聞こえてきたから、冷たい汗をかく。

——勘弁してくれ……。

そのまま、行き交う人の群れに紛れ込んだ。

会場に集まっているのは、宮城県を中心とした近県の高校生ばかりで、校名が入ったポロシャツやTシャツを着ている者が多い。

参加者は少ないものの、当日の飛び入り参加も認めていたから、最終的には七十名近くになりそうだ。

誘導係が、「一回戦会場は第二競技場です」と大声で参加者に呼び掛けている。そちらには会議用の長テーブルとパイプ椅子が並べられ、一回戦の準備は万端に整っている。

だが、三人はなかなか姿を現さない。

様子を見に戻ると、案の定、天見は上手(うま)く部員達を誘導できず、意味もなく四人で受付付近でたむろしている。

舌打ちしながら駆け寄り、「早く行け」と部員達を追い立てる。

午前十一時十分、慎太郎は当番を代わってもらい、一回戦会場を覗(のぞ)いた。

見渡す限りの黒い頭が、一心に問題に向かっていた。

一回戦の形式はペーパークイズ。出題された百問を制限時間内に解いてゆく。

最近はスマホを使う大会もあるが、ここでは昔ながらの紙と鉛筆で解答してゆく。参加者が少ない大会ならではの風景だ。

監督係のスタッフが会場内を歩く足音と、鉛筆の音だけが高い天井に反響する以外、物音ひとつしない。

部員達の居場所は、飛びぬけて座高が高い百地が目印となって、すぐに分かった。

百地の頭が早乙女の方に近づいたと思ったら、押し戻されている。その小競り合いは暫く続いた。

——何をやってるんだ！

様子を見る為に駆け寄ると、早乙女は覆いかぶさるような姿勢で答案用紙に向かっていた。

「……やめろよ」と声が聞こえる。

百地が、また早乙女にちょっかいを出していたから、その耳を引っ張って元の位置に戻す。百地は上目遣いになって肩をすくめた。

（邪魔をするな）

声を出さずに、慎太郎は唇だけ動かした。

早乙女の答案用紙を見ると、簡単な問題こそ拾っていたが、空白が目立つ。思いのほか解けない事に焦っているのか、十分に空調がきいていないせいなのか、早乙女は大量の汗をかいている。

ペーパークイズは後半に行くにつれ、難易度が上がる。それに新入生が対象の大会とはいえ、レベルは決して低くない。というのも、クイズ部や研究会、同好会に入る以前に、独学でクイズを勉強している者もいて、彼らの知識は早乙女レベルの秀才をゆうに凌駕するのだ。

「それまで！」

終了の合図に、張り詰めていた会場の雰囲気が一気に緩んだ。「ほぉー」と一斉に溜め息が吐き出され、ガタガタと椅子を動かす音が響く。

「結果は十二時半、一階の受付に貼り出します。午後の二回戦は、一時半より始めます」

誘導係が声を張り上げる横で、慎太郎は出入口付近に立ち、こちらに向かってくる三人の様子を窺う。

百地が伸びをしながら「何処で飯にする？」と、大納言に話しかけている。その後ろを、腑抜けになった早乙女が続く。

「俺は採点と集計を手伝うから、お前達は何処かで飯を食って来い」

天見に昼食代として五千円札を渡し、すぐさま集計会場へと戻る。

採点結果を見ると、早乙女は上位にはいなかった。もちろん、三人の中では一番良い成績をとっていたが、それでも二回戦進出者の中では、真中の下あたりでしかない。

昼休憩もそこそこに戻ってきた参加者達は、壁に貼り出された集計結果に喜んだり、項垂れたりしている。

「オトメ。お前、後ろから数えた方が早い順位だぜ。おい、何だよ、そのお通夜みたいな顔。誰も期待してないんだから、気が楽じゃないか」

百地が気楽な様子で励ますのに、早乙女は顔を強張(こわば)らせている。

上位の顔ぶれを見ると、土門が連れてきた新入生達も入っていた。

「早乙女。納得できないかもしれんが、初めてにしては上出来だぞ」

慰めているのではなく、それは慎太郎の本心だ。現に、百地と大納言は足切りにあい、次のステージには進めないのだから。

それでも、早乙女の顔色は冴(さ)えないままだ。

「習うより慣れよと言ってな、今日、実戦を経験する事でお前は成長する。クイズもスポーツも、仲間相手に練習してるだけじゃ強くなれない。今日は真剣勝負だ。遠慮せずに、押して行け」

同じ面子(メンツ)でわいわいしているだけでは、度胸は身につかない。初めて顔を合わせる相手は、実力が知れない。もちろん、相手も早乙女の実力を知らない。

それに、ペーパークイズの結果の良い者が、押し勝つとも限らない。

お互い、腹の探り合い。こういう雰囲気の中で揉まれる事で、プレイヤーは成長する。

キーンとハウリングの音がし、「あ、あ、」とマイクテストの後、淀みないアナウンスが流れた。

「二回戦の早押しは、ペーパークイズの上位三十名で、三組に分けて行われます。各自、自分の名前の後ろに書かれた番号の会議室に入って下さい」

スポーツセンターには会議室が幾つかあり、ペーパークイズの結果からランダムにメンバーが分けられる。

会場には、かなりの人数のギャラリーが集まっていた。

緊張してきたのか、早乙女は顔に汗をかいている。

「いいか？　最初は簡単なベタ問が出るはずだ。皆が一斉にボタンを押すから、遅れを取るな」

聞こえているのかいないのか、早乙女は機械的に頷くだけだ。

「それから、固有名詞を答えさせるような問題は考えても無駄だ。分からなければ手を出すな」

第二高校の生徒達を見やる。

土門には早押しのコツは教え込んである。既に伝授されているのか、第二高校の新入生達は、下級生とは思えない落ち着きようだ。

「頼むぞ。早乙女」

返事がない。

心ここにあらずという表情で、その手が震えていた。

「それでは、これより二回戦を始めます。出場者はステージへどうぞ」

ステージといっても、部屋の前方に並んだ長テーブルに、早押しボタンが置かれているだけ。会場も殺風景な会議室という事もあってか、何処か締まらない、ざわざわとした雰囲気で二回戦が始まろうとしていた。

ボタンの数は十個。

早乙女にとって、試合形式で早押しに臨むのは初めての経験だ。未知の世界へと挑む際、人間は恐怖心と共に高揚感も覚えるものだ。その興奮状態が、どう出るか？

「ん？」

その時、何かが慎太郎の視界をかすめた。

薄水色のシャツに、紺のプリーツスカート。

東二番丁高等学校の女子の制服だ。

思わず叫びそうになり、慌てて口を押さえる。

——お前、河原崎じゃないか！

何故、お前がここにいるんだ？

答えを求めるように辺りを見回していると、壁際に立つ天見と目が合った。

――まさか……。

河原崎と天見の顔を交互に見ていると、こちらの意図を察したのだろう。天見が両手を肩の高さにまで持ち上げ、ピースサインを送ってきた。

天見が呼んだというのか？　いつの間に？

慌ててペーパークイズの結果を調べる。六十九名中、十位という成績を叩き出している。

その間にも、二回戦に出場するプレイヤー達は次々と長テーブルへと移動し、着席を始めていた。

向かって左側の端に座る早乙女は、反対側に着席した河原崎に気付いていないようだ。

慎太郎は早乙女の白い顔を見る。先程よりは落ち着いているが、まだ顔が強張っている。

「ルールはゴマルニバツで行います。五問正解で勝ち抜け、二問誤答で失格で、各組から三人ずつが次のステージに上がれます」

マイクを握るのは、G学院大学クイズ研究会のキャプテンだ。クイズ大会ではよく見る顔だが、今日は裏方を仕切っている。

「それでは第一問」

暫しの間を空け、おもむろに問題を読み上げる。

「『ではみなさん……』」

ほぼ全員がボタンを押していた。

一方、早乙女は何が起こったのか分からないように、左右を見回していた。

ランプが灯（とも）ったのは、第二高校の新入生だ。

問読みから促された彼は唾を呑み込む仕草をした後、おもむろに解答を口にした。

「『銀河鉄道の夜！』」

暫しの静寂。

「正解！」

ピンポンピンポーンと、軽やかな音が鳴り響く。

「『ではみなさんは、そういうふうに川だと言われたり、乳の流れたあとだと言われたりしていた、このぼんやりと白いものがほんとうは何かご承知ですか』で始まる、宮沢賢治の小説は何？　答えは『銀河鉄道の夜』です。解答者に拍手ー！」

盛大な拍手の中、押せなかった早乙女は青い顔をしている。

「何で、あれだけで分かるんすか？」と、百地が聞いてくる。

大納言は圧倒されたように、あんぐりと口を開けたままだ。

「この問題は、すぐに小説の書き出しだと気付けるかどうかがポイントだ」と説明してやる。

「クイズ初心者が驚くのは、プレイヤーが問題の最初の数文字を聞いただけでボタンを押し、解答するところだ。いいか？　クイズ王と呼ばれる者は、ただ知識が豊富なだけじゃない。問題の冒頭でボタンを押せるのが強みなのだ。それにはお約束とテクニックがある。それさえ知れば、あんなの不思議でも何でもないんだ」

「何か分かったような、分かんないような……」と、大納言の間の抜けた声が返ってきた。

「『銀河鉄道の夜』は有名な小説だから、早乙女なら知っていたはずだ。今のは、早乙女が小説の書き出しだと気付けなかった事が敗因だ」

「センセー、俺、その銀河英雄のナントカって小説、知らないんすけど」

どうやら『銀河英雄伝説』と言いたいらしい。

「そうだな。逆に言えば、知らなければ答えようがない問題でもある」

「そういう時、どうすればいいんすか？」

「寝とけ」

「は？」

「答えなくていいという事だ。知らないのであれば、いくら考えても答えは出ないだろ？」

二問目の問題が読まれる。

「原子番号で一……」

　これは全員がボタンを押した。早乙女も押していたが、解答権を得たのは別の出場者だった。

「リチウム！」

「正解」

　高らかに、正解の効果音が鳴る。

　問読みが、問題を全文読む。

「原子番号で一は水素、二はヘリウム。では、三は何？　正解はリチウム」

　説明を求めるように、大納言が視線を寄越す。

「今のは、順序の法則で簡単に解ける。つまり『原子番号で』の時点で、『リチウム』が頭に浮かんでいれば、『一』を聞いて押す事が可能だ」

　壇上では、矢継ぎ早に問題が読まれてゆく。

「人間の身体を流れるのは動脈、静脈と？」

「毛細血管」

「てこの原理で三つの力と言えば力点、支点と？」

「作用点」

　いずれもありきたりなベタ問で、早乙女も押していたものの、どうしても解答権が得られない。

「今の二つの問題は『並立問題』。つまり、複数の言葉を二つ並べて、三つ目を問う形式だ。これも、よく出される形式だ。三つの言葉を見て、何か気付かないか？」

メモに書き出してやる。

動脈
静脈
◎毛細血管
力点
支点
◎作用点

「正解だけ、文字が多い……ですか？」

大納言が恐る恐る答える。

「そうだ。明らかに解答となる言葉だけ語感が違うだろう？ 二文字に対して三文字、四文字。漢字に対してカタカナの場合もあるぞ。そして、こういう問題の場合、最もマイナーなものが解答に選ばれる事が多い」

「第五問」

わざとらしい間の後、壇上の問読みが問題を読み上げる。

「日本三景とは、京都府の天橋立とひろ……」

またも、早乙女は解答権を得られなかった。

「松島」

正解した出場者を横目に、悔しそうに唇をへの字にする早乙女。

「今のも同じだ」

日本三景は京都府の天橋立、広島県の宮島、宮城県の松島だ。

即ち、京都と広島が出た時点で、おのずと解答は宮城県の松島となるが、今、解答権を得たプレイヤーは「天橋立」が出た時点で押していた。

「加えて、今の解答者は読ませ押しというテクニックを使った」

「読ませ押し？」

大納言と百地が同時に声を上げた。

「車は急に止まれない。そういう事だ」

優れた問読みであれば、ボタンが押された瞬間に言葉を切る事ができる。だが、今日はプロではなく、大学生が問題を読んでいる。案の定、彼はボタンが押された瞬間に

「広島」を示唆する言葉を口走ってしまっていた。

――ううむ。侮れない。

新入生といえど、クイズ大会初心者とは限らない。中学時代、或(ある)いは小学校の頃からクイズを嗜(たしな)んでいる者もいるのだ。

「それでは、六問目」

ギャラリーが静かになるのを待ち、問読みは次の問題を読み上げる。

「百人一首、め……」

早乙女がボタンを押した。卓上のランプが灯り、解答権を得た。

――よし、いいぞ！

一字決まりだ。

百人一首で「め」から始まる歌は一つしかない。

めぐり逢ひて　見しやそれとも　わかぬ間に　雲がくれにし　夜半(よは)の月かな

大納言が壇上にいたなら、答えられた問題だ。そう思った刹那、叫んだ者がいた。

「紫式部！」

皆の視線が慎太郎に集中した。

いや、慎太郎の隣にいる大納言に。

大納言は「しまった」という表情で、口に両手を当てた。

「き、貴様は馬鹿か？　ぶち壊しじゃないか！　おのれぇ……」

思わず、大納言の首を絞めていた。

せっかく解答権を得たのに、無効となってしまった。早乙女は火を噴きそうなほど顔を真っ赤にしている。

冷たい視線を浴びる中、問読みが咳払いをした。

「壇上にいない人は、答えないで下さい」

ざわめきが収まり切らない中、次の問題へと進む。

「その見た目からフランス語で『キャベツ』を意味する言葉が……」

ピンっと響く音。

ボタンを押したのは一人だけで、早乙女も押せずにいた。

「シュークリーム」

ブーッと不正解のブザーが鳴り響く。

「……キャベツを意味する言葉が名前に付けられているお菓子はシュークリーム。では、フランス・オーベルニュ地方のキャベツを使った郷土料理は何？　答えはシューファルシ」

慎太郎は「こいつは、ちょっと難しい」と呟いた。

「候補となる答えが複数あるから、ヤマを張る必要がある問題だ。もっとも、場数を踏めば、問読みのイントネーションから察する事はできるがな」

その後も、早乙女は果敢にボタンを押しに行くが、なかなか解答権を得られない。焦っているのか、頬が赤くなっている。

一方、河原崎は全く動いていない。ボタンを押しに行くどころか、じっと静観しているだけ。

「問題……。仙台市が発祥の地とされる、ピーチリキュールを烏龍茶で割ったカクテルを何と言う？」

誰も押さない。

慎太郎は唸った。

――酒など飲まない高校生に居酒屋ネタとは、大人げないぞ。G学院大学！

このまま誰も答えないかと思われたが、ピンッと音が響く。

河原崎だ。

問読みが「おっ」という表情を見せた。

慎太郎の前にいた男子二人組が「あの娘、かわいい」と溜め息交じりに囁き合う。

「さぁ、解答は？」

「レゲエパンチ」

「お見事！」

ピンポンピンポーンと、正解の音が響く。

他の参加者達は解答を聞いても理解できなかったのか、ぽかんとしている。

「では問題……。その形で『海のパイナップル』と……」

第二高校の二人と早乙女が同時にボタンを押したが、解答権を得たのは早乙女だった。

「ほや」

「正解！」

百地が飛び上がって叫んだ。

「いいぞ！　オトメ！」

またもや問読みから「そこ、静かに」と指を差される。

だが、ここからは難問が続く。

そうなると河原崎が本領を発揮し、すぐに二問目を正解した。一方、焦った早乙女は
先走ってボタンを押し、一問の不正解を出した。

後、一つ間違えたら退場だ。

早乙女の目が据わり、息が荒くなっている。

「問題。日本近海の海流で、た……」

解答権を得たのは、またも第二高校。早乙女は押したものの、ランプがつかない。

「正解。……太平洋側を流れるのは千島海流。では、日本海側を流れるのは何？」

「リマン海流」

早乙女の得意な社会科ネタだけに、悔しそうだ。

四問正解した第二高校の生徒は、最初にリーチがかかった。

その後、同じく第二高校の別の生徒が怒濤の追い上げを見せ、先にリーチをかけた同級生に食らいつく。二人の攻防戦にギャラリーは息を呑んでいる。同校対決だ。

負けじと早乙女はボタンを押すが、解答権がなかなか得られない。後がない分、形勢は不利で、怖がっているのだろう。押すタイミングが遅くなっている。

一方、河原崎が得意とする難問は、あれきり出てこない。

ぐっと手を握って観戦している最中、慎太郎のスマホが振動しているのに気付く。

当番を代わってもらったスタッフからの呼び出しだ。

時間切れか――。

慎太郎はそっと席を離れた。

早乙女に向かって（頑張れよ）と目線を送りながら。

＊

「む、遊びが多いな。思ったより押し込まないと反応しない……」

コールベルに手を載せて反応するポイントを確かめていると、ドリンクと餃子（ギョーザ）を運んできた店員が、「ご注文は以上でしょうか？」と慎太郎の顔を見た。

「あ、あぁ。揃（そろ）ったか？」

天見が指さし確認し「揃ったようですよ」と答える。

「それでは、河原崎の入部を祝って……」

ソフトドリンクのコップを掲げ、慎太郎が音頭をとる。

場所は〇将。

皆がコップを掲げる中、河原崎はテーブルに置かれた醤油（しょうゆ）差しをじっと眺めていた。醤油の成分表を思い出そうとしているのだろうか？　慎太郎は、さり気なく調味料類を河原崎の視界から外す。

「あー、今日は一日、緊張しっぱなしで、喉が渇いちゃった……」

乾杯の後、一気にウーロン茶を飲み干した天見が、「みんな、ごめんね。先生、お替わり頼んじゃうから」と手を伸ばしたのに、慎太郎は反射的に反応していた。

天見の指が触れる寸前、先んじてベルを押すのに成功した。

「よっし！　解答権ゲットぉー！」

ピンポーンと鳴り響き、店員が「はーい」と返事した。

「……あ、どうも」

唖然としながらも、天見はすぐに我に返って、新たな飲み物を注文する。

一方、突如現れた女子に、三人は戸惑いを隠せずにいた。

河原崎の紹介は、天見に任せた。

「……という訳で、今は保健室にいるんだ。でも、彼女はとーっても成績優秀だから、皆の役に立てる子だよ。よろしくね」

天見の説明は、かなり大雑把だった。

河原崎が目にしたものを何でもかんでも覚えてしまい、頭が混乱をきたし、学校の定期テストが惨憺たる成績に終わった事。そのせいで元々は成績優秀だったのが、もう一度一年生をやる羽目になった等々——。

「ふうん……」

ずずーっと音を立てて、百地が思いっきりストローでジンジャーエールを吸い上げた。

「要は、勉強しなくても、勝手に頭に入ってくるって事っすよね？　俺もそういう才能が欲しいっす。俺、退屈な授業は子守歌に聞こえるっていう特異才能があって、気が付いたら机にキスしてる」

　早乙女が軽蔑するような視線を向けた。

　決勝に進めず、機嫌が悪かった早乙女は「一人で帰る」と言い出したが、押しとどめて無理矢理引っ張ってきた。そのせいか、ずっと不貞腐れている。

「あぁ。だからはっきり言って、教室にいる意味ねえし。あ？　なんだよ。その目は。いいの。俺はオトメみたいに、いい大学に行こうとか考えてないから」

「だから、オトメ言うな」

「でも、百地くんはスポーツが得意じゃない」

　その脇で大納言が呟いた。

「ずるいよなぁ。スポーツができたら、スポーツ推薦やＡＯで大学に進学できるんだもん」

「お前こそ、かるた取りの強い大学を受験すればいいじゃないか」

「かるた取り言うな。百人一首だ」

「同じだよ」

「同じじゃない」

　慎太郎は咳払いをして、不毛な言い争いをする二人を黙らせる。

「仲良くしろ。喧嘩するんだったら、カラオケに連れて行ってやらないぞ」

「カ、カラオケ！」

百地が色めき立った。

「もち、センセーのおごりっすよね？」

「ああ。デビュー戦も済ませ、河原崎という新たな部員も入った事だし、慰労と懇親を兼ねてな。……もちろん、全員参加だ」

逃げようとした早乙女を牽制(けんせい)する。だが、奴の動きは素早かった。さっと立ち上がると、「そんなに素早く動けたのか？」という俊敏さで入口へと向かった。

「逃がすな」

「はいっ！」「ラジャー！」

大納言と百地が立ち上がると、早乙女を追って駆け出した。

＊

「五名様ですかぁ？」

ベストスーツの胸元に大きなリボンを結んだツインテールの女性店員が、たどたどしい口調で聞いてきた。

「六名様だ」

振り返ると、早乙女が回れ右をして店を出て行こうとしていた。そして、後から入ってきたカップルにぶつかられていた。「邪魔だよ」と男が肩で早乙女を小突いたから、バランスを崩して倒れそうになっている。

「もしかしてカラオケは初めてか？　だーいじょうぶだって」

百地は早乙女の襟をむんずと摑むと、そのままずるずると部屋までひきずって行く。

「お、珍しいな。今時、歌本を置いてるぞ」

「こんなの、誰が使うんだよ？」

ボロボロになった歌本を隅へ放り投げると、百地は端末で連続して選曲する。

「よし！　歌うぞ！」

「僕も！」

百地と大納言はJポップからアニソンまで、続けて三曲ずつ歌った。

「俺も歌うぞ」

ようやく慎太郎の番が回ってきた。アコースティック・ギターをつま弾くイントロが流れる。

「B'zの『MOTEL』。八分の六拍子！　俺の十八番だぁ！」

稲葉浩志になったつもりで歌う。テンションが上がり、我を忘れて熱唱していたらしい。曲が終わると、百地と大納言は大喜びだったが、早乙女は恐ろしいものを見るような目をこちらに向けていた。

「あー、シンちゃん！　この子、覚えちゃってますよー！」

河原崎が分厚い歌本を膝に乗せ、機械的に頁を繰っていたから、慌てて歌本を取り上げる。

「覚えるな！　覚えるな！」

両手を塞ぐ為に、河原崎にはマラカスを持たせた。

「お前は、それでも振ってろ！」と言いつけて。

競うように端末を取り合い、曲を入れてゆく慎太郎、百地、大納言を前に、早乙女は動こうとしない。

「ねぇ。早乙女くん。つまんないじゃん。ほらぁ。ノリ悪いぞ」

天見にぐいぐいと迫られた早乙女は、迷惑そうな顔をしている。

その時、再び、はらり、はらりと紙のこすれる音がした。またもや河原崎が歌本を開いていた。

「そ、そうだ！　河原崎。お前に見せたいものがあるんだ」

河原崎から取り上げた歌本を尻の下に敷くと、端末で選曲した。

「あ！『デミ・ヒューマン』のオープニング！」

大納言が歓声を上げ、勝手にマイクをとって歌い始めた。

アニメ映像付きの配信だ。ディノサウロイドとリザードマンが飛び交い、蛇の頭を持つメドゥーサとマーメイドが水しぶきを上げながら、キャットファイトさながらに闘っている。

「次！　サビのところでエルフィンが出るから！」

気持ち悪い裏声で歌いながら、大納言が画面を指差す。

弓矢を構えたエルフィンは、くるくると回転しながら花びらを散らせ、やがて画面はピンク色で塗りつぶされた。

そして、歌が終わる間際には、レギュラーキャラクターが次々と現れ、また消えていく。エルフィンは画面から消える間際に、髪から花を一つ千切り、投げて寄越した。

「かっわいい〜！」

語尾にハートマークがつきそうな勢いで、大納言がエルフィンに向かって「かわいい」を連呼する。

画面をじっと見ている河原崎に「お前、ああいうのも似合いそうだな」と言ってやる。さしものカメラアイも、次々と流れて行く画面を目に焼き付ける事はできないのだろう。シャッターを切るのを忘れて――いや、瞬きするのを忘れて、画面に見入っていた。

そこからは、アニソン大会となり、天見がやたらと古いアニメの曲を入れるから、我慢できずに不本意ながらデュエットしたり、百地と大納言が「子供の頃、踊ってた」と言いながら、子供向け番組のテーマソングをバックにロボットダンスを披露したりと、大盛り上がりだった。

そんな中、早乙女はぽつねんとしているだけだ。天見は端末を押しつけて迫る。

「ね、一緒に歌おうよ」

ホフディランの『恋はいつも幻のように』のイントロが流れる。うねるようなスライドギターの音色はトリップ感が満載で、ソロ時代のジョージ・ハリスンを思わせる。リズムも単純だ。

だが、早乙女はマイクを握らされた手を膝に置き、歌おうともしない。

無理もなかろう。その歌は一九九七年発表だから、高校生は知るまい。

天見の歌声だけが、室内に響く。

「ねぇ、歌うのが嫌なら、これで盛り上げてよ」

間奏の合間に、天見がタンバリンを手渡す。早乙女の頬がぴくりと引きつった。

やはり、歌いも叩きもしない。

曲がフェードアウトした後、続けて天見が入れた曲が続く。

「やっぱり、ちょっと古かった？　さて。お次はまったりと……」

アコースティック・ギターが奏でるイントロに合わせて、天見は三拍子、ワルツのリズムをとった。

「これは知ってるよね？　植村花菜の『トイレの神様』」

早乙女が、急に凍り付いたようになった。

「ほらぁ、一緒に。ブンチャッチャ、ブンチャッチャ」

天見が手本を見せてみるものの、早乙女はタンバリンを手から取り落としてしまう。

様子がおかしい。

その手が震えている。

「待て！」

慎太郎は曲を止めた。

「あん、シンちゃん。何をするんですか！」

天見が抗議の声を上げたが、それどころではない。

「どうした？　お前、さっきからおかしいぞ」

顔を強張らせる早乙女を前に、辛抱強く彼が口を開くのを待つ。

狭い部屋がしんとなり、息苦しいほどの沈黙が充満した。

だが、早乙女は口を戦慄かせているだけだ。やがて、突如「うおおおぉっ！」と叫び声を上げ、頭をかきむしると、立ち上がって部屋を出て行こうとした。

「待て、待て」と皆で引き留め、ソファに座らせる。

「変だぞ？　本当にどうした？」

はぁはぁと息を荒らげ、一キロを全力疾走させた後のように顔色が悪い。

「おい、荷物をどけろ！」

ソファからバッグや上着を下ろし、そこに早乙女を横たわらせる。様子を見ていると、少し呼吸が落ち着いてきた。

「大丈夫か？　水でも飲むか？」

だが、早乙女は目を閉じたままで、びくとも動かない。

「センセー、ヤバくね？」

「うむ。タクシーで家まで送り届けた方が良さそうだな」

「あ、じゃあ、あたしが送ります。駅前のパーキングに車を置いてるから、こっちまで回してきます……」

一緒に歌うように無理強いした事に、罪の意識を感じているようだ。

「頼みます」

バタバタと天見が出て行き、再び部屋は静まり返った。

そんな中、はらり、はらりと河原崎が歌本を繰る音だけが響いていた。

驚き　桃の木　河原崎

「大納言さん。どうぞ、お入り下さい」

四人目の面談を終え、最後の保護者を迎え入れた途端、ぷっと噴き出しそうになる。

どうしても仕事を休めないとかで、保護者からは「母が行きます」と連絡があった。それは別に構わないのだが、二者面談に現れた祖母は顔も体型も孫そっくりで、おまけに赤いベレー帽を被っているので、まるでお地蔵さんのようだ。

「先生には部活でもお世話になっているようで……」

お地蔵さんがペコリと頭を下げる。

「いえいえ。ご足労をおかけいたしまして。しかし、大変ですね。お母様によると、これまで保護者会や参観、運動会など全ておばあ様が代わりに参加されていたとか……」

「はい。娘夫婦と同居してるのもあって、保育園の送り迎えから、夕飯やお風呂の世話まで、全部私がやってきました。悟は私が育てたようなもんなんですよ」

——なるほど、おばあちゃん子か。

「そうだったんですか。……で、如何ですか？　お宅でのご様子は」

「よく食べ、よく寝てます。もう少し勉強して欲しいんですけどねぇ」

今、慎太郎の目の前には、大納言の成績表が開かれている。

「うーむ、一学期の定期テストでは平均点をとっていますし、そう悪くない。このままの調子で頑張って頂けたら良いと思いますよ。他に何か御心配な事はありますか？」

「部活では運動部のような事もしているんですよね？　うちの悟、あの体でしょ？　ついて行けてるのかどうか心配で……」

「あくまで体力作りの為のトレーニングです。続ける事に意味があるので無理をせず、苦しければ途中で休んでも構わないと指導しています」

「はぁ、それで……。悟は最近、食べる量は変わらないのに、体重が少し減ってきて……。今の説明で納得しました」

慎太郎の目には代わり映えしないように見えたが、ちゃんとダイエットになっていたらしい。

「悟は中学に入ってから急に体重が増えて、中学では三度、制服を買い替え、高校に入る時も特注サイズで誂（あつら）えたんですよ」

「……なるほど」

「お金はかかるし、幾ら若いからって太り過ぎは体に良くないしで……。でも、食べ盛りでしょう？　食べるのを我慢させるのは可哀想で……。悟がクイズをやるって言い出した時も、ダイエットの為には運動部の方がいいんじゃないかって考えたんですけど、良かったです。あ、それから、夏休み中は活動するんでしょうか？　ずっと家にいて、ダラダラされるのも暑苦しいんで」

一気にまくしたてた後、祖母はハンドタオルで首筋を拭った。

「夏休みの活動については、もちろん、考えています。クイズ大会も夏休みを目がけて集中的に開催されますしね」

大納言の祖母を見送った後、机を元の状態に戻し、施錠する。そのまま帰宅するつもりで教室の鍵を職員室に返しに行くと、教頭が卓上の書類から顔を上げた。

「篠崎先生が何か鈴木先生にお話があると仰ってましたよ」

だが、職員室に篠崎の姿は見当たらない。

「そろそろお戻りに……。あ、いらっしゃいました」

「あぁっ！　鈴木先生」

今日も赤々と塗られた唇が、くしゃっと歪む。

「さお様……。いえ、早乙女くんの事なんです。もう、私、困ってしまって……。今日、早乙女くんのお母様が面談にお見えになったんですけれど……」

「早乙女が何か？」

「お母様が言うには、ここ暫くずっと塞ぎ込んでるらしいんです。恥ずかしい話ですけど、私、全然気付いてなくて。部活での様子はどうですか？」

カラオケでの一件以来、早乙女は部活に顔を出さなくなっていた。都合の悪い部分だけ省略して説明すると、篠崎の顔が曇った。

「あのね、聞いて下さい。深夜、早乙女くんの部屋からカチカチと物音がするそうなんです。早乙女くんは勉強は早い時間に済ませて、夜は早くに寝るから、お母様が不思議に思って……」

教頭の視線を気にしてか、篠崎は声を潜めた。

「部屋をそっと覗いてみたところ、早乙女くんが真剣な表情でストップウォッチを押していたって」

「ストップウォッチを？　夜中にですか？」

「ええ。その様子が何か鬼気迫っていて、怖くて声がかけられなかったそうなんです。……何か心当たりありませんか？」

「なんだ。早押しの練習をしていただけですよ」

ストップウォッチを使って、押すスピードを競わせた事があったと説明する。

だが、篠崎は「意味が分からない」という顔をした。

「先日のクイズ大会で、早乙女は初めてにしてはイイ線まで行ったんですが、決勝には進めず……。本人も悔しい思いをしたのでしょう」

「それとストップウォッチが、どう関係するんでしょう？」

「解答が分かっているのに押し負けていて、早乙女は答える事ができなかったんです。奴はどうも反射神経が鈍いようで……。あぁ、クイズというのは、早押しが基本でして。幾ら頭脳明晰でも、解答権を得られなければ答える事ができません。『知力、体力、時の運』と表現されるように、膨大な知識の他にも長時間に及ぶ戦いを耐え抜く体力と、運も必要でして、我々はペーパーテストで知識を蓄積させると同時に日々、朝練で走り込んだり、早押しの訓練をしたり、また……」

はたと気付くと、篠崎が顔をひきつらせながら、慎太郎を見ていた。

「とりあえず、本人にそれとなく聞いておきます」

慎太郎は「失敬」と断って、帰る準備を始めた。

＊

「オトメ。人の事を言えねえだろ。お前こそ……」

化学実験室の扉に手をかけた時、百地の声が聞こえてきた。ずっと御無沙汰だった早乙女が来ているようだが、何か物々しい雰囲気だ。

その時、椅子が倒れる音がして、「きゃー」と叫ぶ化学部員の女子達の声が響いた。

慎太郎が扉を開くと、早乙女が百地の胸ぐらを摑み、壁に押しつけていた。

「やめろ、やめろ、やーめーろー」

駆け寄り、摑み合っている二人を引き離そうとしたが、逆に弾き飛ばされた。

「や、山田先生。知らん顔してないで、一緒に止めて下さいよ！」

だが、山田は薬品瓶や容器を収納したキャスター付きワゴンを安全な場所に移動するのに忙しい。

「ええい。誰か！　誰か！」

だが、化学部員達も並べた実験器具を守るように、テーブルの周りに立ちはだかっているだけで、動こうとはしない。

「やめろったら、やめろ！　ここには劇物のほかに高価な実験器具まであるんだ！　何かあったら責任とれるのか？」

そこへ大納言が入ってきた。騒然とした様子に、扉に手をかけたまま立ちすくんでいる。

「ちょうどいい所に来た」

慎太郎は大納言に駆け寄ると、入口付近に置かれていた台車のハンドルを立てた。

「ここに乗れ」

「え、え？」

「いいから、早くしろ」

ハンドルを持たせた大納言と、向き合う形で台車を押す。

「お、重い。ばあさんは体重が減ったと喜んでいたが、本当か？」

「それがリバウンドして……。あのぅ、これって……」

「このまま突っ込んで、あの二人を止めるのだ」

「だったら、先生が台車に乗って、僕が押した方が早いんじゃ……」

「うむ。それもそうだな……。あ、動いたぞ」

一旦車輪が動き始めると、後は簡単だ。

「しっかり摑まってろよ」

摑み合いをしている二人の間に、大納言が乗った台車ごと勢い良く割って入る。

「わっ！」

「あっぶねぇ！」

驚いた二人は飛び退った。

「うわぁ！　誰か止めてくれ！」

今度は台車が止まらない。

「飛び降りろ！　大納言！」

「え、え、無理！」

そのまま壁に突進し、勢い余って慎太郎は跳ね飛ばされた。

「あたた……」

辺りには埃が舞い上がっていた。

床に尻もちをついた慎太郎は腰をさすりながら、大納言の無事と被害状況を確認しようと、目をきょろきょろさせた。

「大丈夫か？　大納言。おーい」

「はい、何とか……」

見ると、大納言は台車ごと横倒しになり、そのすぐ傍の壁には穴が開いていた。

一方、百地と早乙女は性懲りもなく、取っ組み合いを再開していた。

「いい加減にしろ！」

大納言と二人で協力して、百地の襟を摑んでいた早乙女を引き剝がす。

早乙女はふうーっ、ふうーっと荒い息をしている。

大納言に取り押さえられた百地が、口をとがらせた。

「だって、こいつ、俺の事を池の水抜き中にサボってたとか言ったくせに、自分は部活をサボってたんすよ。それなのに抜け抜けと……」

傍には早乙女の鞄が転がっており、教科書やノート類がちらばっていた。その中にストップウォッチがあるのに気付く。

慎太郎の視線を避けるように、早乙女は俯いている。

「どっちもどっちだろ？　つまらん事でいがみ合うな。……始めるぞ」

慎太郎は、ホワイトボードをテーブルの近くまで移動させた。興ざめしたのか、百地も早乙女も大人しく席に着く。

山田は壁の穴を確認しながら、「あぁ、鈴木先生。始末書を書いて下さいよ」と泣き事を言っている。

「後でちゃんと書きますよ。……さて、習うより慣れよとばかりに、このあいだは実戦に放り込んだ。どうだ？　実際の大会は。手応えを感じられたか？」

三人の反応を見る。

百地は鼻をほじっているし、大納言は山田が即席で壁を修繕する様子に気を取られていた。

ただ一人、早乙女だけが恨めしそうに唇を噛みしめているばかりだった。

「早乙女は二回戦にこそ進めなかったが、まずまずの結果を残した。だが、早乙女一人がスキルアップしても勝てない。チーム全体の底上げが必要だ」

きゅっとマジックをボード上に走らせる。

『クイズ@サンシャイン仙台』

それは、八月の終盤に開催されるクイズ大会で、今夏、新たにオープンするショッピングモール『サンシャイン仙台』のオープニング・イベントだった。

郊外にあるビール工場の跡地に、大規模なショッピングモールが建ち、夏休みにぶつける形で数々のイベントが計画されている。

「一回戦は○×クイズで二回戦はペーパー。三回戦は……『当日のお楽しみ』らしい。ふざけてるな。そして、決勝は早押しだ」

早速、百地と大納言がスマホを開いている。

「どう思う？　みんなは」

「んー、ショッピングモールのイベントねぇ。何かダサくね？　やっぱ、東北楽天ゴールデンイーグルスの専用球場とか、『アスリートパーク仙台』とかで、パーッとやって欲しいっす」

「待って、優勝賞品が凄いよ。見て」

さすが、めざとい大納言。

「そうだ。『松島温泉元湯　リゾート松島ご宿泊券』だ。松島海岸を眺めながら露天風呂に浸かって、海の幸をふんだんに使った会席料理を食す。松島の牡蠣は美味いぞ」

だが、百地はいまひとつノリが悪い。

「温泉って……何か、爺臭くね？　それに、旅館の料理って、食べた気がしねぇんだよな。松島は何度も行ってるし……」

「ほっほう、そんな事を言っていいのか？　ここはただの温泉旅館じゃないぞ」

　慎太郎はスマホの画面に『リゾート松島』の公式サイトを呼び出す。

「もう一つの売りは、プールだ。ウォータースライダーに流れるプールまであるぞ。会席が爺臭いというなら、海鮮バーベキューも選べる」

　サザエや殻付きホタテ、有頭海老、牡蠣、イカなど笊から溢れんばかりに積み上げられた画像を見せる。

「ま、賞品はさておき、このテのイベントは、素人同然の冷やかしが交じるのが特徴だ。主催者の意図は人を大勢集めて、ショッピングモールの売り上げに貢献させることだから、参加者や応援団を当て込んで派手に宣伝するんだ。……一回戦の○×クイズで人数を一気に絞るから、予選のハードルは低い」

　人を集める為のイベントだから、スマホを使った全国何処からでも参加できる形式ではなく、昔ながらの方法で開催される。

「雑多な人間が集まる、お祭りだと思えばいい。一回戦で負けたチームは即刻、退場となり、かなり人数を絞ってから本格的に競う事になる。本当の敵は五チームぐらいだろう」

「あのぅ、先生」

大納言が挙手した。

「参加条件は三人一組ってありますけど……」

「そうか。説明しておかないとな。この大会は個人戦ではなく、チーム戦だ。早押しも、三人で一つのボタンを押す」

それまで俯いていた早乙女が、顔を上げた。

「三人で一つの？」

「そうだ。一人で戦うのではなく、三人で協力し合うんだ」

スマホを操作し、動画を見せる。

一人一人にボタンが与えられるのではなく、台の上に設えられたボタンは一つ。その上に三人の手が重ね合わされる。

「それぞれ役割があるんだ。早押し要員、解答者という風にな。もちろん、解答者自らが押してもいいが、我々のような個性豊かなチームは、役割分担できるかが鍵だ。早押しが得意だけど解答はデタラメな百地。答えが分かってるにもかかわらず、押し負ける早乙女。そんな二人が上手く組み合わされば、最強のチームとなる」

早乙女は「二人で……」と呟く。

「センセー」

百地がダルそうに手を上げた。

「キノコ先輩がいるじゃないっすか」

マッシュルームカットの河原崎の事だ。早速、綽名をつけたらしい。

「何も俺とオトメで二人羽織みたいな真似しなくても、キノコ先輩なら楽勝っすよ」

「そうだな。……と言いたいところだが、クイズの醍醐味はチーム戦なんだ。チームの頭脳となる早乙女の手足となって、百地が抜群の反射神経を生かす。そこに、大納言のイタコ的閃きやオタクネタ、或いはおばあちゃんの知恵袋で加勢する。俺様が今、構想しているのは、そういうチームだ」

「チーム戦……。熱いっすねぇ。シンちゃん」

「シンちゃんは余計だ」

がらがらと扉が開き、噂の河原崎が現れた。

「うおっ！」

「げっ！」

振り返った面々が、口々に変な声を出す。

ただ一人、大納言だけが呆けたように見つめている。

「……エルフィンだ……」

河原崎はグリーンのコスプレウィッグを被り、長い髪のところどころに大小の飾り花をつけていた。

さすがに衣装までは用意できなかったようだが、短めに改造した制服に、白のニーハイソックスで雰囲気を出している。何より、手足が細く、すらりとしたモデル体型の河原崎に、それはやたらと似合っていた。

「うわぁ、うわぁ。写真、撮っていいっすか?」

大納言はスマホを取り出し、ぱしぱしと撮影を始めた。

ポーズをとる訳でもなく、河原崎はただ突っ立っているだけなのに、それでも絵になる。

圧倒されて黙り込んでいた百地も、「キノコ先輩。そういうの、似合いますね」と言いながら、ツーショットでの撮影を申し込み、そのせいで大納言と小競り合いを始めた。

「ちょっと! 百地くん、気安くツーショットなんて言わないでよね」

「何だよ。キノコ先輩は、別にダイの彼女でも何でもねえだろ」

「そういう問題じゃない! だいいち、百地くんは『デミ・ヒューマン』やエルフィンを馬鹿にしてたじゃない」

「いいじゃねえかよ。ケチ!」

「良くない。興味本位で関わらないでくれる?」

「何だよ……」

「どうしても写真を撮りたかったら、『デミ・ヒューマン』の原作を読んで、ちゃんとアニメも観(み)て勉強してから言ってよね」

「馬鹿か。写真を撮るだけなのに、何でそこまでしないといけないんだ？」

段々と頭が痛くなってきた。

「お前ら小学生か？　くだらない事で喧嘩をするな！」

そう怒鳴りつけた時、「ぷっ」と噴き出す声が聞こえた。

エルフィン、いや、河原崎だった。

口元に手を当て、くすくすと笑っている。

慎太郎は、いや百地も大納言も、早乙女ですらも、あまりの事に目を見張っていた。誰一人として、これまで河原崎が笑うのを見た事がなかったのだ。日頃のクールな印象とは裏腹に、子供のように邪気のない表情に惹き込まれる。

毒気を抜かれたのか、百地も大納言も大人しくなった。

「よし。本題に戻るぞ」

河原崎を着席させ、話の続きを始める。

「そういう訳で、次の大会は八月末だ。いいか？　この夏休みは、みっちりとしごくからな！」

「はぁい」とか、「ふわぁい」とか、しまりのない声が返ってきた。その後、慎太郎の号令で四人は教室を出る。

「今日はグラウンドの整備だ」

慎太郎からトンボを渡された百地と大納言は、ブーブー文句を言い始めた。

「こんな暑い日にグラウンドで作業したら、熱中症になります」

「トンボかけなんか、運動部の奴らにやらせりゃいいんすよ」

「百地。そういう事を言うんだったら、お前を佐伯先生のとこへやるぞ。いいのか？」

「ちょ、それだけはマジでご勘弁」

一方、早乙女はトンボをひきずるようにして、一人でグラウンドの中央へと向かった。

「待て、待て。ちゃんと帽子を被れ！」

慌てて追いかけて、用意した農作業用の麦わら帽子を手渡す。つばの後ろに日よけがついた帽子だ。

帽子を受け取ると、早乙女は無言で被り、黙々とトンボをかけ始めた。

「早乙女」

こちらに背を向けた影に向かって、慎太郎は呼び掛けた。

「何を思いつめているんだ？」

はっとしたような表情を見せた後、早乙女は俯いた。

「お母さんが心配していたらしいぞ。音楽の先生も……」

暫し躊躇った後、早乙女はとつとつと話し始めた。

「……小学一年生の頃……、舞台に立ってクラス全員でカスタネットアンサンブルをやる事になったんです」

消え入るような声だった。

「でも、僕だけが皆と同じようにできず……。焦れば焦るほど、合わせられなくなるんです。少しずれるどころか、鳴らしてはいけないところで音をたててしまい、先生には叱られるし、他の生徒からも白い目で見られ……。挙句の果て、当日になって『叩く振りだけをしろ』と言われたんです」

そして、リズム音痴を克服する機会を与えられないまま、今に至った。

「何だ、そんな事か」

音楽嫌いの原因は、思っていたより他愛ない事だった。だいたいカスタネットなど叩けなくとも、人は生きて行けるし、気にしているのは本人だけだ。だが、同時にどうしたものかと考える。

下手な励まし方をすれば、さらに早乙女のプライドを傷つけ、またもや貝のように自分の殻に閉じこもってしまうだろう。そうなると余計に厄介だ。

「お前、誕生日はいつだ？」

「三月……三日です」

酷い屈辱を受けたと言いたげな目が、慎太郎に向けられた。

「小学一年生ぐらいだと、同じ学年でも四月生まれと三月生まれとじゃ全くスペックが違うんだ。一学年上の奴と一緒にいるようなもんで、同じ事ができなくても無理はないだろ？」

「でも、駄目なんです。あれ以来、音楽の授業が大嫌いになって、克服する機会も、音楽に親しむ事もないまま、この年になって……。今でもカスタネットが叩けなかったのを思い出すと、死にたくなるんです」

「ほう、死にたくなるのか。じゃあ、どういう方法で死のうと考えているんだ？」

「え？」

「梁で首を吊るか、電車に飛び込むか……。校舎の屋上から飛び降りたぐらいじゃ、助かる可能性もある。命を取り留めたものの、打ちどころが悪くて下半身不随になどなろうものなら、大変な事になるんだぞ」

まさか、そんな事を言われるとは思っていなかったのだろう。途方に暮れたような視線を向けられる。

「おい、完璧な人間なんていないんだぞ」

早乙女の視線は揺るがない。まるで、そこに解答があるとでも言いたげに、じっと慎太郎の顔を見ている。

「前にも言ったな。お前が乗り越えたくとも越えられなかった河原崎。彼女にも弱点があると」

「かなりの……天然ですしね……」

「うむ。まぁ、それは弱点と言えるかどうか分からんが……」

コスプレしたままトンボをかける河原崎を、遠巻きに生徒達が見ていた。

「とにかく、弱点は誰にでもあるという事だ。お前にだってあるし、河原崎や百地や、大納言にもある。だが、その弱点は仲間と結束する事で埋められるんだ。クイズは個人戦でも楽しい。だが、本当の醍醐味はチーム戦だ。チームには要になる奴が絶対に必要だ。要になる奴。それは、不安定な才能に頼る者ではない。悪く言えば愚直な秀才。翻せば安定した能力を持ち、計算ができる人間……。つまり、お前のような者だ」

「僕の……ような？」

「そうだ。俺が理想とするチームには早乙女……。お前が必要なんだ」

早乙女からの返答を待つ。

だが早乙女は、ゆっくりと目を逸らすと、無言でトンボかけを再開した。

＊

「ほら、まだ埃が残ってるぞ」

慎太郎は窓の桟に沿って指を走らせ、指先についた汚れを見せる。

「こういう四角い部屋を丸く掃くような手抜きは、掃除とは言わない。おまけに乾拭きしてないから、ガラスに水滴の跡が残っている」

掃除当番の女子生徒達が、「こっまかーい」と一斉に声を上げた。

「先生の奥さんになる人は可哀想ですよね」

「そーよ、そーよ」

「何を言うか。日々の行いをおろそかにしていると、いつか大事な局面でも取りこぼしを……」

「シンちゃーん」

素っ頓狂な声に邪魔され、生徒への小言を中断する。

振り返ると、天見が後ろ側の扉から顔を出し、手を振っていた。

「シンちゃん、教頭先生がお呼びですよー。至急、応接室に来て下さいって」

女子生徒達がくすくすと笑っている。「シンちゃん。恋人から呼ばれてますよ」と言いながら。

　面目丸潰れである。

――ええい、くそっ！　誰が恋人だ。

「今、行きますよ」と返事をし、教室の外に出る。何故か天見もついて来た。

「ついて来ないで下さい！」

　まとわりついてくる天見を、手でしっしっと追い払う。

「あらぁ、私もそちらに用があるんですよ」

　天見を振り切るのに小走りになり、白衣を翻しながら応接室へと向かう。

　応接室には見覚えのない女性がいて、座っていても身長が高いのが分かった。その女性がすっと立ち上がる。

　思わず息を呑む。

　ゆうに一七〇センチ以上はあり、女性に見下ろされる感覚に居心地の悪さを覚えた。

「どうぞ、おかけ下さい」

　教頭に促され、挨拶もそこそこに席につくと、お茶が出された。

「こちらは百地猛（たける）くんのお母様です」

　一目で只者ではないのが分かった。まるで運動部のコーチのような精悍（せいかん）な雰囲気を漂わせており、相手に必要以上の緊張感を与えるタイプの女性だ。

「今日は是非、鈴木先生にお話ししたい事があって、お見えになったそうです」

それだけ言うと、教頭は席を外した。

どうやら、一人で対応しろという事らしい。

「どういったご用件でしょうか？」

「先生は、猛が入部したクイズ部で顧問をされているんですよね？」

「いえ、クイズ研究同好会です。運動経験のある百地くんには、皆の体力トレーニングを指導してもらっています」

細く整えた眉がひそめられた。

「クイズで体力トレーニング……ですか？」

「一口にクイズといっても、色々ありまして……」

ちょうどいい機会だ。言うべき事は言っておこう。

「猛くんに是非入部してもらいたいと考える運動部顧問がいるのは承知しています。特に、バレーボール部の佐伯先生が、猛くんの入部を強く望まれているのも……。しかし、私は猛くん自身の意思を尊重したいのです。どうかご理解を頂きたい」

ずっと表情を変えずに話を聞いていた百地の母親が、はぁぁと溜め息をついた。

「あの馬鹿は、これまで机にじっと座っていたためしがないんです」

慎太郎は「よく分かります」という言葉を呑み込んだ。

「そのくせ運だけは強くて……。猛がここに合格した時は、中学校の職員室がどよめいたぐらい、本当に勉強しないんです。それが、高校に入って暫く経つと、長らく物置になっていた勉強机に座って、熱心に勉強し始めたから、主人が『何か変な物を食べさせたのか？　それとも、何処かで頭でも打ったんじゃないのか？』などと言い出して……。後でこっそり息子の机を調べてみると、『ペーパークイズ問題集』というタイトルの本が置いてあり、問いただすとクイズ部……、いえ、クイズ研究同好会に入ったと言うじゃありませんか。家族の間では『猛がちゃんと集中して読み書きできるようになった』と大騒動で……」

「ちょっ、ちょっとお待ち下さい。東二番丁高校は一応は進学校でして、まぐれでは合格しないと思いますが……」

「あの子は要領がいいので、どうせ出題されそうな範囲を誰かに教えてもらったか、テスト当日、隣の子の答案用紙を覗くなどしたのでしょう。背が高いだけでなく、視力も異様にいいんです」

しれっと恐ろしい事を口にする。

カンニングで難関校に合格したと言うのか？　それは、幾ら何でも息子の能力を見くびり過ぎではと思ったが、本気でそう考えているようだった。

「では、今日、お越しになったのは……」

「スポーツの世界は甘くありません。選手生命を脅かすような怪我(けが)をしてしまえば、競技だけで生きてきた子供は、目標を見失ってしまいます。ですから、息子には競技をやるだけでなく、きちんと勉強もし、視野を広げて欲しいんです。クイズは、そのきっかけになると、私は期待しています」

「はぁ……、そういう事でしたら、私も鋭意努力いたしますが……」

意外な展開になった。

「ただ、佐伯先生はまだ諦めておらず、ご子息がクイズ研究同好会で活動する事に納得してもらえていない状態なのです」

目を伏せると、百地の母親は足元を睨(にら)んだ後、顔を上げた。

「この件、私にお任せ下さいませんか？」

慎太郎が何かを言う暇を与えず、猛の母親は立ち上がると、そのまま出て行った。

そして、暫くすると、応接室に教頭が佐伯と戻ってきた。

「先程まで、百地くんのお母様と佐伯先生とで、お話をされていました」

佐伯は慎太郎と目を合わせようともしない。

「お母さまが、佐伯先生に直接お会いになって要望をお伝えしました。猛くんの意思を尊重したいという……」

教頭の言葉を、佐伯が遮った。

「子供は気が変わりやすいんだ。まだ、諦めた訳じゃありませんからね」

捨て台詞を残すと、そのまま応接室を出て行った。

「何ですか？　あの態度は……」

憤然とする慎太郎に対し、教頭は穏やかな笑みを浮かべていた。

「ご安心下さい。もう、鈴木先生や百地くんには絡んでこないでしょう」

「………」

「鈴木先生がお越しになる前に、お母様とお話させていただきましてね。いや、感心されていましたよ。クイズ部……研究同好会の顧問は素晴らしいと。校外学習で視野を広げられ、おまけに校内の清掃などボランティア活動も精力的に行っていると」

雑草抜きも池の清掃もボランティアという意識はなかったが、勘違いさせたままにしておく。

「机の上でクイズを解かせるだけでなく、体力作りにも励んでいる点も評価されていました。思春期の子供にとって、非常にバランスの良い活動をされていて、ご子息の人間的な広がりに繫がると、非常に喜んでおられて……。鈴木先生」

教頭はニヤけていた顔を、さっと引き締める。

「百地くんのお母様は、県内の女子大学バレーボール部の監督であり、宮城県スポーツ協会の要職にもついておられましてね……。あの方が一言口添えして下さるだけで、たちどころに便宜をはかってもらえるんです。つまり、佐伯先生も逆らえない」

ぼんやりしていると、教頭は両腕を差し出し、慎太郎の肩に手を置いた。

「だから、もう大丈夫ですよ」

教頭は得意げな顔で、いつまでも一人で頷(うなず)いていた。

＊

「よぉし！　今日で一学期も終わりだぁ！」

自転車を漕ぎながら雄叫びを上げた慎太郎に、通りかかった老人が「ひえっ！」と喉を鳴らし、リードで繋がれた柴犬が激しく吠(ほ)え始めた。

夏休みはすぐそこだ。

生徒達も何処かしら浮かれていて、まるで土曜日のようなふわふわとした雰囲気がそこかしこに漂う。そんな気もそぞろな空気の中で、生徒達にてきぱきと連絡事項を伝え、教室を飛び出す。

——終わったぁ！　思う存分、クイズをやるぞ！

化学実験室には、既に四人が揃っていた。

養護教諭に注意でもされたのか、河原崎は今日はコスプレをしていない。

「さて、夏休みといえば合宿だ。で、その合宿の予定だが……」

徹夜で作った冊子を順に配っていく。

百地が眠そうに欠伸をしていたから、冊子を丸めて頭を小突く。

「寝るな」

「はい、はいっと。……ん、合同合宿？　ＴＱＡ？　他所のガッコと一緒に合宿するんすか？」

「うむ」

河原崎が冊子を繰り始めていたから、隣に座った大納言に目配せしてやめさせる。

「より実践的な試合形式の早押しを体験するには、他流試合を経験するのが一番だ」

その為、土門に頼んでＴＱＡ（東北クイズ連合）加盟校が集う合宿に潜り込ませてもらえる事になった。

ＴＱＡには宮城県と福島県の主要なクイズ強豪校が五校集まっていて、加盟校は持ち回りで例会を開催している。

「場所は松島にあるハーバーハウスだ。近くには牧場があり、釣りもできるという贅沢な環境だ」

「イエーイ！」

「ひゃっほう！」

「こらこら、遊びに行くんじゃないぞ」

合宿ともなれば一日中クイズ漬けで、夜の八時に始まった企画が終わるのが、朝の四時という事も珍しくないし、各校が気合を入れて企画を出してくる。研鑽する機会は嫌というほどある。

「お前達はこの夏、大きく成長するぞ」

四人の目を順に見据えた後、慎太郎はにやりと笑った。

「心身ともに……な」

いざ合宿へ！

「お、集まってるな」

レンタカーのハンドルを握っていた慎太郎は、そわそわと胸を躍らせつつ、ほっと息をついていた。

生徒四人と、その荷物。他の諸々もあって、三列シートのミニバンを借りたのだが、慣れない車の運転で、何度も冷たい汗をかいた。

「おい、着いたぞ」

後部座席に座った百地と大納言は、小さな子供のように、窓に貼り付いている。一方、車に酔った早乙女と河原崎は、ぐったりと座席に凭(もた)れかかったままだ。

合宿先であるハーバーハウスの玄関に「ＴＱＡ様ご一行」と書かれた札が見え、男子高校生達がわらわらと集まっていた。

「ぷっ、『ハーバーハウス・わらべ』って何すか？　わらべって……」

百地がゲラゲラ笑い出す。

「おまけに、ここに集まってる奴らって『ハイスクール！奇面組』度が高くね？　ほら、あいつのエラの張り具合なんて……」

いきなり失礼な事を言う百地の尻を蹴飛ばし、彼らの輪に近づく。「あれは誰だ？」「何処の学校だ？」と言いたげな表情が向けられる中、誰かが「あ、鈴木先生！」と声を発した。瞬く間に顔見知りの生徒達が駆け寄り、わっと取り囲まれる。

「へぇ、シンちゃん、結構慕われてるじゃん。意外と人望あるのな。見直したぜ」

荷物を運びながら、百地が生意気な口をきく。

「誰がシンちゃんだ！　お前達の部屋は二階だ。さっさと行け。行くんだ」

狭い階段は人一人が通るのがやっとで、慎太郎は下から追い立てた。

「げっ、めちゃくちゃ狭いじゃん」

上がった先には板の間があり、掃除用具や備品、訳の分からないダンボールが置かれていた。

板の間に面した襖を開けると廊下があり、その奥に部屋が一つ用意されていた。慌てて荷物を除けたのか、ところどころ畳の色が変わった部屋は、隅に埃が積もったままだ。

「ここに三人で寝起きするんですか？」

呆然とした様子で、早乙女が壁や天井を見回している。天井が低く、長身の百地と早乙女は腰を屈めている。

「まずは掃除だな。おい、誰か掃除機を借りてこい」

だが、誰一人として動こうとしない。

「先生。クーラーは何処にあるんですか？」

大汗をかいた大納言が聞いてくる。

「ここは普段、納戸として使われてる部屋だから、そんなものはない」

「えーーーー？」

「心配するな。後で扇風機を運び込んでもらう。窓と戸を開け放てば、海風も入ってくる」

「冗談じゃないぜ！」と百地が吠えた。

「いちいち文句を言うな。畳の上で寝られるだけ有難いと思え。俺なんか廊下だぞ」

ＴＱＡの合宿は、実は一ケ月前には受付が締め切られていた。たまたま今年の幹事校が第二高等学校だったから、元顧問の立場を使って無理矢理ねじ込んだのである。

もっとも、土門は「自分達に宛てがわれた部屋を使って下さい」と言ってくれたが、その必要はないと撥ねつけた。東二番丁高校はクイズでは新参なのだから、下っ端の扱いでいいと。

「キノコ先輩は何処で寝るんすかー？」

「例会には女子も参加するから、そちらに交ぜてもらった」

三畳ほどの納戸は、三人分の荷物だけで半分がた埋まってしまう。

「荷物は最小限にと言っただろう！　誰だ？　余計な荷物を持ち込んでるのは……」

荷物検査をすると、百地のバッグからは不必要な着替え——ド派手なシャツと履き替え用の靴——を、大納言は大量のおやつを持ち込んでいたから、どちらも没収する。

「馬鹿者！　合宿中は遊びに行ったり、間食している閑などないぞ！　貴重品と今日の分の着替えだけ用意して、後は車に置いておけ。ほら、急げ。すぐに昼飯だ」

「へっへ、もう俺、腹が減って、腹が減って……」

百地が舌なめずりをした。

「そうだな。皆も腹を空かせてるだろうな」

慎太郎が四人を先導して食堂へと入る。

「れ？　飯は？」

テーブルと椅子がセットされているだけで、そこには何も並んでいない。

「言い忘れたが、宿で用意してもらえるのは朝食だけだ。昼と夜は自分達で調達しないといけない」

慎太郎は十キロの米袋をどさっとテーブルに置いた。

「我々はTQAには所属していない。つまり、部外者だから、合宿中の昼食と夕飯は我々が用意して差し上げるんだ」

見る見るうちに早乙女、百地、大納言の顔から血の気が引いていった。言われている意味が分からないのか、河原崎はぽかんとしている。

「早速、始めるぞ。今日のメニューは簡単にカレーライスだ。まずは米を研ぐ。米をしかけたら、次は具の準備だ。急げ！」

「え！」

「んなの、レトルトのカレーを買ってくりゃいいじゃねえかよ！」

「黙れ！　時間がない。さっさと動け！」

各校の部員、顧問を含めると五十人はいるし、お代わりする者もいると考えたら、一食で十キロは必要だ。大型の炊飯器を二つ、フル稼働させないと間に合わない。

「早乙女！　何だ、その研ぎ方は？　米はな、こう、手の平で擦りつけるようにして……」

指先でかき混ぜるようにしていた早乙女に、慎太郎自ら手本を見せる。

「大納言。お前は野菜を洗ってくれ」

大量のじゃがいもと人参は、まだ土がついているという新鮮さで、大納言はたわしを使って泥を洗い落としてゆく。

そして、文句を言っていた割りに、百地は手際が良かった。中学時代に野球部の合宿でやらされていたのだろう。不格好なじゃがいもを器用に剥いてゆく。皮を剥いた野菜を細かく切っていた河原崎に「キノコ先輩。大きさを揃えて下さいっす」などと指示している。

河原崎の手つきは危なっかしくて、今にも手を切りそうで見ていられない。

「おい。それは覚えなくていいんだぞ」

野菜を切りながら、しきりに瞬きするのを注意する。

「違います。先輩、泣いてますよ」

よくよく見ると、河原崎が刻んでいるのは玉ねぎだった。

「よし、野菜はそれぐらいでいい。今度は米が炊ける間に、ルーを作るぞ。……河原崎は配膳の用意でもしとけ」

成分表を読もうとする河原崎の手から、ルーの箱を取り上げる。

全く油断も隙もない。

宿から借りた厨房着姿で、四人は厨房の大鍋をかき混ぜたり、人数分の皿やスプーン、コップを手に、配膳台との間を何度も往復する。

大納言と河原崎は一人分ずつ食器を取り出し、テーブルに並べていっている。

「おーい。頭を使えよ。一度に大量に運んでテーブルの端に置いて、そこからバケツリレーの要領で並べれば無駄がないだろうが」

最初のうちこそ静観していたが、我慢できずに注意する。

一時間後、煮込まれたカレーの美味しそうな匂いが、辺りに漂っていた。

セルフサービスで御飯をよそい、カレーをかけ回す生徒達を前に、百地らはお預けを食らった犬のように指をくわえていた。

「センセー、何で作った俺達が最後なんだよ？」

「だから言ったろ？　我々は参加させてもらっているのだ。運動部と同じだ。上級生が先で下級生は後」

配膳前に慎太郎が味見をしてみたが、大急ぎで作ったカレーは、具材に味がしみ込んでおらず、あまり美味くなかった。

「何か、味が薄くね？」

「肉が入ってないよ」

案の定、評判は芳しくない。

それでも腹が減っているせいか、お代わりをする者もいて、全員が食べ終えた時には、鍋の底に僅かにルーが残っているだけだった。

皆が食べ終えるまでお預けを食らっていた四人は、皿に御飯を大量に盛り、その上にお玉でこそげとるようにして掬い取った少量のルーを載せた。

「ええい、ドライカレーにしてやる」

半泣きの百地が、カレーと御飯をぐちゃぐちゃとかき混ぜる。

「汚らしい！　やめろ！」と早乙女が怒鳴る。

「何だよ、あいつら。文句言ってた割りには、残さず食いやがって」

そして、本当に泣き出した。

「僕も情けないです」

付け合わせの福神漬けとラッキョウを大量に御飯に載せながら、大納言が呟く。

「これを毎日……ですか？」

恨めしそうな目をする大納言。

「そうだ。ちなみに、今日の夕飯は俺様のレシピで作るミートスパだ」

「ぐ……」

「何が、ぐ……だ。米を研がなくていい分、楽だろうが」

その時、はっとしたように百地の手が止まる。そして、スプーンを取り落とした。

「待てよ。誰が玉ねぎを刻むんだよ……」

「ほぉ、さすがに察しがいいな。もちろん、全員でやる。夕飯は午後六時から。二時間前に厨房に集合だ。玉ねぎ十五個分のみじん切り、サラダ用のキャベツの千切りが待ってるからな。何だ、その顔は？　俺も手伝ってやるから心配するな」

早乙女は能面のような表情を顔に張り付け、大納言は諦めたように福神漬けのお代わりを皿に盛っている。

ただ一人、河原崎だけは黙々とスプーンを動かし、ほとんど白い飯を口に運んでいる。

「それでは、午後一時より最初の企画を始めます。一階ホールに集まって下さい」

幹事役の生徒が号令をかける。

「行こうぜ」

名残り惜しそうに福神漬けを食べている大納言を、百地が促す。

「待て。誰が行っていいと言った？」

慎太郎はテーブルに置かれたままの皿を指さす。

「今から皿洗いと片付けだ」

＊

波立たぬ海上を、ディーゼルエンジンを搭載した船が唸り声を上げながら進む。

あと一時間もすれば空が白み、奥松島の美しい景色が薄っすらと浮かび上がるのだろうが、辺りはまだ暗い。

「センセー、何で朝から釣りなんすか？」

慎太郎が早朝の風を受け、爽快な気分でいると、百地が眠そうに目をこすりながら文句を言い始めた。大納言は本格的に居眠りを始め、船酔いでもしたのか早乙女は青い顔をしている。

起床時間は午前四時。

日付が変わってからも早押しをやっていたから、他校の生徒達はまだ寝ているはずだ。

四人が汗水たらして食料を調達したり、厨房で料理や配膳をしている間、ＴＱＡの連中が何をしていたかと言うと、ひたすら早押しだ。

市販のクイズ問題集や雑誌の他に、ＯＢ達がコツコツ集めた同人誌、プレイヤーが自作した問題集を持ち寄り、そこから出題していた。以前は手に入れるのに苦労した問題集も、今はネットで簡単に買えるので、随分と便利になった。

今日、ここに河原崎を連れてこられなかったのは残念だったが、船頭から「船にはトイレがねーがら、もよおしたら海にしてちょ」と言われていたから、さすがに同行させるのは憚られた。

「だから、何で釣りなんですか？」

「何故って、魚が釣れる時間帯だからだ」

「だーかーらー、その前に何で釣りなんすか？」

それには答えず、「三人とも海釣りの経験は？」と尋ねる。

揃って首を振る。

「だったら、この機会に覚えればいいじゃないか。釣りは楽しいぞ。だいたい、お前達はすぐに結果を知りたがったり、成果を求めようとする。それが悪い癖だ。ただし、初めての釣りでボウズというのも気の毒だ。だから、船頭さんにチップを弾んで、真鯛の漁場に連れて行ってもらう」

「…………」

「今はマズメ時だから、うまく行けば入れ食い状態になる」

「マズメって何ですか？」

今にも嘔吐しそうな早乙女が質問してきた。

「日の出前の薄明るい時間帯の事だ。朝マズメとも、時合いとも言う。ついでに説明すると、日没前は夕マズメ。どちらも魚の食事時間だから、釣れる確率が高いんだ。鯛のあら煮、鯛めし。美味いぞ。考えただけで涎が出るな」

慎太郎の脳内は鯛でいっぱいになっていた。

「俺達はクイズの腕を磨く為に合宿に参加したんでしょう？　クイズと釣り、どう関係あるんすか？」

百地がしつこく聞いてくる。

「関係などない」

「ふぁっ？」

「などという説明では、お前達も納得できないな。よおし。一つだけ教えてやろう。

「……おい、大納言も寝てないで聞け。気をつけろ、早乙女。船から落ちるぞ」

船べりに両手をついて、頭を海側に突き出す恰好でいる早乙女に注意する。

「理由は、俺様が釣りが好きだからだ。以上」

早乙女が振り返り、抗議の声を上げた。

「何で、僕達が先生の趣味に付き合わなきゃなんないんですか……。ぐ……」

早乙女が海に向かって盛大に撒き餌をしたものだから、百地と大納言が「げっ」と顔を背けた。

「……というのは冗談だ。釣りというのは、アタリがなければ延々と待つ事になる。クイズも同じだ。チャンスが巡ってくるのを待つ場面もあれば、全く予想していないタイミングで得意な問題が回ってくる事もある」

「何かこじつけ臭くね？」

「うん」

ぼそぼそと文句を垂れる百地と大納言を無視して、慎太郎は続けた。

「三人ともザリガニ釣りぐらいしか経験がないようだから、ざっとレクチャーしよう。アワセという言葉は知ってるな？　早乙女」

「……知らないです」

吐いてすっきりしたのか、それまで白かった早乙女の頬に、赤みが戻っていた。

「大納言はどうだ？　アワセという語感から、何か想像できないか？

「……魚の口に鉤を掛ける事ですか？」

「そうだ。釣りというのは水面に向かって鉤のついた糸を垂れ、魚が食いついたら引き上げる。ただ、それだけの事だが、これが簡単なようで難しい」

早乙女にタオルを手渡してやりながら慎太郎は続けた。

その時、「わっはっは」と笑い声が起こった。

「先生。今日、生徒さん達がやるのは沖釣りだ。渓流釣りみたいに繊細でねーから、アタリが出た時には、すでに魚は鉤さ掛かってる。ほだに難しく考えることはねーよ」

船頭が真っ黒に日焼けした皺だらけの顔を、くしゃくしゃにしていた。

「気をつけねーといけねーのは、カワハギみたいなおちょぼ口の魚ね。うまーぐ餌だけ取るんよ。そうね。あんだみたいなめんこい口をしてるの。口紅似合いそうだねぇ……」

早乙女に向かって、船頭がおちょぼ口をして見せたから、百地と大納言はげらげら笑いだした。

「オトメに新しい綽名が出来たぜ。カワハギ、カワハギだ」

早乙女の肩を叩きながら、「カワハギ、カワハギ……」と笑っている。顔を真っ赤にした早乙女は「煩いな」と、その手を払う。

「心配ねー。アタリがきたら、竿さ真上に立ててるだけでいい。難しい事を考えずに、楽しんでってちょ」

言いたい事だけ言って、船頭はまた操舵に集中した。

船の速度が落ち、やがて停止する。

「ほら、ついたよ」

船頭の指示で、仕掛けをした竿を垂らす。

釣りは初めてという部員達の為に、疑似餌を落として巻くだけという手軽な仕掛けを選んだ。

「今の子供はミミズやワームを触れねーと言うんだ」と、船頭は笑う。

「団子虫ぐらいなら触れますよ」と大納言が反論した。

「俺も。子供の頃の趣味は団子虫集めだったっす」

「いいから、黙って人の話を聞け！」

だが、船頭は百地と大納言のやりとりに目を細めている。

「仕掛けは真っ直ぐ落として。で、こっからが要注意。底さ着いたら、すぐに巻く。鯛は疑似餌を追いかげっから、時間が経つと偽物だってバレでしまうんだ。ほれ、ほだに慌でねでいい。ゆっくり。ゆっくり均一に巻いて……」

だが、一向にアタリがこない
「おかしいねぇ。魚影は見えてるんだけど」と船頭も首を傾げる。

「つまんねー」

「早く帰りましょう」

「先生。お腹(なか)が空きました」

皆が口々に文句を言い始めた瞬間、百地の竿が持って行かれた。

「うぉっ！」

慌てて、百地が竿に手をかける。

「ほーれ、来た、来た。無理にアワセなくていい。勝手にかかってくれっから」

船頭が操船しながら、百地に釣り方を指南する。

「ヤッベ、デカいぞ」

「あー、無理して抜き上げっぺどするとバレっから、隣の人タモで掬ってやんの。ほい……」

船頭はタモ網を早乙女に向かって放り投げる。

「魚泳いでるうちはタモ入れでぎねーから、魚の頭を水面さ出してけで、タモの方さ魚を寄せて……。泳ぐ方向と浮き具合を見て、……そう、上手(うめ)え、上手え」

百地は水面に浮かせようと魚の頭を引っ張り上げる。

早乙女も苦労しながら大きなタモを操り、船頭の言う通り魚の方に寄せる。

「ほうれ、息を合わせて……。お、魚入ったよ」

持ち上げようとしたら、網に入った魚が暴れ出した。

「お、落ちるー！」

甲板から海に投げ出されそうな早乙女に代わって、今度は船頭がタモを持つと、びちびちと跳ねる真鯛が甲板に投げ出された。

スーパーで売っている養殖の鯛とは違い、綺麗（きれい）なピンク色だ。

「あのぅ、僕の竿が動かなくなったんですけど……」

船頭が、今度は大納言の竿を見る。

「あー、こりゃ根掛かりだでば」

竿を取り上げ、軽く煽（あお）る。

「ほい。これで直った」

竿を受け取り、腰掛けようとした瞬間、大納言が叫んだ。

「わーーー、誰か助けてーーー」

大納言の竿にも大物がヒットしたようだ。巨漢の大納言が必死で竿を立てようとしている。

「ほれ。今やったのと同じ要領で、掬ってけで」

船頭が早乙女にタモ網を手渡す。

大納言も船頭の指示で果敢にファイトしていた。だが、途中でバラしてしまった。

「マジですか？　くっそーーー！」

日頃、あまり感情を露わにしない大納言が悔しがっている。

「あのね。釣りは基本、バレるもの。バレっから面白れーの。気にしねーで続けてちょ。……あ、来たみたいね……」

再び百地の竿が弧を描いた。

既に一匹釣り上げている百地は、首尾よく魚を引き寄せ、水面に顔を出させた。

「上手い、上手い」

魚の姿が見えてきた。

「わ、何だ？　変なのが来たぞ」

「あ、大きな蛸だね。蛸は海底さ貼り付いてるのを引っぺがすから、腕力がいるんだよ。力持ちだね、おめ。あ、船の外側さ貼り付かれたら回収できねーから、船から離してね」

蛸が甲板に置かれた途端、三人は「わ！」と声を上げた。生きた蛸がぐにぐにと動く様子を見るのは初めてらしい。

そうしている間にも、次々とヒットする。その度に、船頭がレクチャーを行う。

「それマゴチね。市場には出ねー高級魚だっちゃ」

「ど、どうやって食べるんですか？」と、大納言が今にも涎を垂らしそうな顔で聞いている。

「刺身だな。河豚にも負けねーぐらい美味え。お、今度はホウボウだね。煮ても焼いても美味え魚だっちゃ。今日は五目釣りだな」

目当ての真鯛はなかなか釣れないが、これはこれで楽しい。そして、魚の種類を覚えるのにも役立つ。

「ヤベ、これ、ハマりそう」

最初は文句ばかり言っていた百地も、釣れると面白いようで、表情が生き生きとしてきた。

「当たり前だ。とっておきの漁場に連れて来てもらったんだ。ちゃんと船頭さんに感謝しろ」

「いいよ。先生。それより、また来てよ。若え子喜んでくれたら、おらも張り合いあるし。さぁ、時合いが終わらねーうちに、釣ってしまうべ」

やがて時合いが終わったのか、ぱったりと釣れなくなった。

大小の真鯛五匹を取り混ぜて二十匹近く釣れた。小さな魚はリリースし、朝日を受けながら岸に戻る。

途中、船頭が用意してくれた弁当を食べる。

日が昇ると共に気温が上昇し、新たな汗が噴き出した。握り飯と漬物の塩分が、程よく体に染みわたる。

港に到着すると、河原崎が待っていた。

「どうした？」と聞くと、「退屈だから」と返ってきた。

船頭が生け簀から魚を掬い、次々と締めてゆく。

「真鯛、マゴチ、ミズダコ……」

河原崎が指さしながら、魚の名前を言い当てていく。

「お嬢ちゃん。凄いね。マゴチやミズダコを知ってる子、なかなかいねーよ」

慎太郎は「見るな、見るな」と目隠しをし、河原崎を雑魚が入ったトロ箱から遠ざけた。

「神経を殺して、血をしっかり抜く事で鮮度を保づんだ。売られてる魚は、獲った後に氷で冷やすだけだから美味ぐねーの」

真鯛を手に宿に戻ると、皆、大喜びだ。

「先生。これ、調理は宿の人にお任せした方がいいんじゃないですか？」

他校の顧問が言う。

「せっかくの天然鯛なんですから、魚を捌くのに慣れた人に調理してもらった方が良さそうですよ」

そこで、宿主に打診したところ、刺身と鯛めし、あら炊きにして、夜の食事に出してもらえる事になった。夜の食事当番から解放されると分かったからか、三人はバンザイをしかねない勢いで喜んだ。

鯛を夜に回す事になったので、その日の昼食は、白飯にインスタントのカップ麺という倹(つま)しさだったが、逆に喜ばれた。

「俺達の心づくしの料理より、カップ麺がいいのかよ？」

当然、三人は不平を漏らす。

「おいおい。お前達も身に覚えがないか？　日頃、お母さんが作る料理を残して、おやつを貪(むさぼ)り食ったりしてるんだろう？」

百地と早乙女は黙り込み、ただ一人、大納言だけが「僕は出された御飯は全部食べて、その上でおやつを食べています」と言った。

「明日はどうするんですか？」

恐る恐るといった調子で、早乙女が尋ねてきた。

「魚とくれば肉だろう。産みたての卵と手作りハム、ソーセージと引き換えに、牧場で乳しぼりの手伝いだ。その後は農作業を……」

「えぇーーーっ！」

「げっ！」

「いつになったらクイズができるんすか？」

　口々に抗議の声を上げる部員達。

「馬鹿者！　我々は客ではない。無理矢理交ぜてもらっている身だ！　それに、クイズで魚や酪農ネタが出る可能性だってあるんだ。文句を言う閑があるなら、さっさと飯を食ってしまえ」

＊

「はぁ、いよいよ終わりかと思うと寂しいですね」

　大納言が食事の手を止めて、ぽつりと呟いた。

　その隣では、百地が食パンにマーガリンを塗っただけの朝食を貪り食っていた。

　海釣りと合宿三日目に行った農作業のおかげで、三人ともこんがりといい色に日焼けしており、なまっちろかった早乙女ですら、心なしか精悍に見える。

　河原崎が牛乳が入ったコップを向こうへと押しやった。

「そいつは、襲ってこないぞ」と言ってやるが、ふるふると顔を振っている。

　河原崎は牧場で作業中、乳牛に壁際まで押しやられ、顔をべろりと舐められた。余程、怖かったのか、半泣きで牛舎から飛び出し、その後は中に入って来ようとしなかった。

「五日に渡る合宿も、明日で終わります」

朝食も終わりに差し掛かった頃、幹事校の部長が挨拶の為に立ち上がる。

「合宿最大のクライマックスでもある最後の企画は、団体戦の早押しです。午後八時から開始しますので、事前にお知らせしたように、各校はそれまでに代表三名を選んでおいて下さい」

四人を集めて、朝食後にミーティングを開く。

「まず、これだけは覚えておけ。八月に起こった出来事の他、記念日に年中行事、八月が誕生日の有名人物、逆に亡くなった人物の一覧だ」

慎太郎が用意したのは、御当地クイズ。そして、今の時季にちなんだ問題だった。

「団体戦の早押しは個人戦と違って、答えを三人で相談する事ができる。これまで、お前達が経験した事のない形式になるから、最強メンバーで行くぞ」

「よっし！　ストップウォッチ早押しギネス候補の俺の出番だ」と百地が張り切る。

「では、メンバーを発表する。まずは早乙女」

早乙女が眼鏡のつるを持ち上げた。

「今日の目標は解答権を取る事だ。タイミングは分かるな？　解答が確定できるポイントが来たら、すかさず押す。次に河原崎」

小首を傾げる河原崎。

「さしあたって、お前はいつも通りでいい。最後に大納言……」

「ちょっと待ったー！」

百地が吠えた。

「センセー！　俺の出番は？　今日は最強メンバーじゃないのか？」

「キャプテンのお前は、仲間の戦力を把握してもらわないといけない。だから、見学だ」

「てか、いつ俺がキャプテンになったんすか？」

「今、決めた。おっと、そろそろ昼飯の準備を始めねば……。ええい、時間がない。早速特訓だ。百地、問読みをしてやってくれ」

「特訓って、今からやって間に合うんすか？」

疑り(うたぐ)の目を寄越す百地。

「お前は一夜漬けという言葉を知らんのか？　それに、直前に目にした問題が、テストで出る事もある」

慎太郎は厨房の壁に問題を貼りだした。

「問読みは米を研ぎながら出来るな。早乙女、大納言、河原崎は野菜を刻みながら答えて行く。答えが分かったら、包丁で俎板(まないた)を叩け。ほら、さっさと始めろ」

「んな、同時にできねぇよ。センセが読んでやってよ」

「お前が読む事に意味があるんだ。あ、押しポイントにスラッシュを入れてるから、そこで区切ってくれ」

「あーーー、もぅっ！」

やけくそになったのか、大袋からざっぱざっぱと炊飯器に米を入れていく百地。

「問題一。一五四九年、鹿児島に上陸……」

遮るように俎板を叩く音がした。

「フランシスコ・ザビエル」

「うぉ、何で分かったんだよ？　オトメ」

「一五四九年、鹿児島とくれば、すぐに分かる」

「ふうん。じゃ、第二問。一九六〇年、フランスから独立したのは……」

バシン！

「コンゴ共和国」

「だから、何でそれだけで分かるんだよ」

「煩い。さっさと読め」

野菜を刻む手を止めずに、早乙女が言う。

「第三問。『余の辞書に不可能という文字はない』で……」

スパーン！

「ナポレオン！」

答えたのは大納言だ。

「ブー。まちがい。『余の辞書に不可能という文字はない』で有名なのはナポレオン。では、『朕(ちん)は国家なり』と言ったのは誰？　答え。ルイ十四世」

大納言は「あぁ……」と呻いた。

「団体戦の場合、三人で相談できるんだから、今のような場合は早乙女や河原崎に確認しろ」

苛立(いらだ)たしげに俎板を打つ音が響く。

「先生、いいから！　喋(しゃべ)ってないで、次！」

早乙女の野菜を刻むスピードが加速していた。

*

「やぁ、東二番丁さんが早押しに参加するの、今日が最初で最後になりますね」

ＴＱＡ参加校の面々が、宴会場の隅に座った早乙女、百地、大納言、河原崎を物珍しげに見ている。

「毎食、作ってくれてありがとう。感謝してるよ」

労ってくれるのは嬉(うれ)しいが、我々は単に飯炊き要員として参加したのではない。

「お前達、この三日間の鬱憤を晴らして来い」

夕飯を食べ終えた合宿メンバー達は、今からぶっ通しで六時間、或(ある)いは夜を徹してクイズに浸る。

問読みは、幹事である第二高等学校がやる。

「では、問題……」

各チームのメンバーが、すっと前のめりの姿勢を取る。

早乙女も前傾姿勢を取る。

三人の前にはボタンがある。

それは、彼らが初めて目にするものだ。

大きなボタンだが、三人が手を乗せようとすると、お互いの手が重なる。相手の手の温度や、或いは緊張で震えているのを嫌でも感じる事ができる。

——思い出せ。お前達は一学期中、息を合わせる練習をしてきたんだ。

チームワークは何処の誰よりも強いはず。

「奈良時代に東大寺に大仏を、全国各地に国分寺を作らせた天……」

ピン！

早乙女だ。

まさか、自分が解答権を取れると思ってなかったのだろう。「東二番丁高校さん。解答をどうぞ」と言われ、戸惑っている。

早乙女はごくりと唾を呑み込むと、差し出されたマイクを手に取った。

初参加の彼らを気遣ってか「三人で相談しなくていいですか？」と、問読みが促す。

だが、早乙女は自分で答えた。

「聖武天皇」

「正解です。お見事！」

ピンポーン！

バンチョ高校、瞬く間に先制点を取る。

問読みが拍手をし、他校の出場者、ギャラリーも拍手をした。

拍手を受けた早乙女は、嬉しそうに耳をかいた。顔が原形をとどめないぐらいニヤけている。

「オトメの奴、意外と子供だな」と百地。

だが、二問目以降は息を吹き返したように、他校のボタンが点灯し始める。さては、最初の一問は新参に花を持たせたか？

「日本で一番高い山は富士山。では日本で一番長い川……」

ピヨン！

「信濃川！」

ピポーン！

教科書問題が続いた。

皆が答えられる問題ばかりだから、自然と解答権を取る為のバトルも激しくなる。

「一九一八年に発生した『米騒動』が全国……」

「富山県！」

「一六世紀日本に初めて鉄砲が伝来……」

「種子島（たねがしま）！」

ぴぽーん！

「問題。『新世紀エヴァンゲリオン』で……」

む、今度はアニメから出題か？

流れが変わったのに気付いた他チームのメンバーも、「来たか？」という表情で、ボタンを押す体勢を変えた。

「……第六使徒ガギエル、との戦闘の名称は何というか」

問題が最後まで読み切られたが、誰もボタンを押さない。スルーか？　そう思われた瞬間にボタンが灯（とも）った。

「東二番丁高等学校！」と問読みが指さす。

ボタンを押したのは誰だ？

河原崎だった。

ボタンを押した状態で、忙しく瞬きをしている。

問読みがマイクを手に移動してくる。

その間も河原崎の瞬きは続き、やがて、かっと目を見開いた。

「旧伊東沖遭遇戦」

周囲から「あぁー、そうだった！」とか、「うおぉ」と呻き声が上がった。頭の何処かに引っかかっていたのだが、正確な固有名詞が思い出せなかったのだ。

「正解！」

百地が「キノコ先輩、かっけー！」と吠えた。

今日の河原崎はグリーンの鬘は被っていないが、トレードマークのマッシュルームヘアに天使の輪ができていた。

「問題。『新世紀エヴァンゲリオン』に……」

また、エヴァネタだ。どうやら、メンバーの中にエヴァオタクがいるらしい。

「登場する使徒の中で、唯一天使……」

今度は問読みの途中で、他のチームがボタンを点灯させた。

「サンダルフォン」

ブーと不正解を告げる音。

「正解はイスラフェルでした」

他のチームが「あぁ、分かってたのにぃ」と、もだえるように頭を抱えていた。

河原崎はと見ると、首を傾げている。

その膨大な記憶の海から一つの答えを掬いあげる前に、答えられてしまったようだ。

これまでの傾向を見た限りでは、河原崎は問題を聞いてから答えるまでにタイムラグがあった。つまり、早押し勝負となるベタ問は取れない。誰も答えられないような難問でこそ、彼女のカメラアイは最大限の働きをする。

今のところ、固有名詞を答えさせる問題には、絶対的な強さを見せていた。

——河原崎が答えられそうな問題は、リスクと引き換えにどんどん押していく。そういう攻めのクイズを教える必要があるな。

もちろん、河原崎が自分で押せるのが一番なのだが、できれば彼女には思い出す事に集中させたい。

そうなると、ここで必要なのは、河原崎の反応を窺(うかが)いながらボタンを押せる奴——。

「百地」

肘でその脇腹を小突く。

「河原崎の様子を見ておけ」

「へ？」

「いいから、しっかり見ておけ」

額に浮かんだ汗を拭う。

クーラーを作動させているにもかかわらず、生徒達の熱気で部屋は蒸し暑い。

「問題。日本の県庁所在地の中で、唯一ひらがなが使われているのは何県？」

エヴァネタの次は、再び教科書問題へと戻った。解答者を振り回す為か、問題の振り幅が大きい。

チッチッチッチッチ――。

カウントダウンを告げる効果音が流れる中、嫌な汗が流れる。

埼玉県のさいたま市。

どうした？

教科書にも載っているような、簡単な問題じゃないか。

――おい！　答えられるだろう？　押せ！　押せったら！

だが、早乙女も大納言も動かない。

その傍らでは、河原崎が激しく瞬きを繰り返す。

――ほら、河原崎が思い出しかけているんだ！　行け！

そして、時間切れ直前に、第二高等学校が押した。

皆の視線が集まる。

「埼玉県！」

ピンポンピンポーン！

「どうだ？　百地」

「どうって？」

「もし、お前が今、壇上に上がっていたら、どうしていた？」

「俺なら押してたっす」

「お前、答えが分かってたのか？」

「まさか。でも、今の問題だったら、三人のうち誰かは答えられたでしょう？」

思わず「へぇ」と声が出た。

「河原崎については、どう思った？」

「あぁ、もう少しで答えが出そうな感じだったすねぇ。神が降りてくるのが、一足遅かっただけで……」

そう言いながら、百地は欠伸をした。

「問題。デビュー戦から引退まで十二戦八勝。二着四回と……」

む、スポーツネタか？

だが違った。

「すべての出走レースで連対を果たし……」

連対？
競馬ネタか？
まずい。
競馬ネタは、慎太郎も彼らには仕込んでいない。
「同世代のウオッカと争った牝馬の名前は何？」
競馬ファンであれば簡単な問題だが、競馬に縁のない高校生には難しい。
案の定、誰も答えない。
こんな問題、出す方が悪いんだ。
そう嘯いた瞬間、ボタンを押した者がいた。
ざわりと空気が蠢く。そして、息を呑む音。
ボタンを押したのは河原崎だった。
その目は、一点を見据えていた。
「ダイワスカーレット」
慎太郎は「よしっ！」と拳を握った。
まさか解答する者が現れるとは思わなかったのか、問読みが唖然としている。
「せ、正解……」
傍らから「おい」と急かされ、ようやくコールする有様だ。遅れて、正解の効果音。

「お見事！　東二番丁高等学校。これで三問正解でトップです」

百地が「いいよぉ、キノコ先輩ー！」と指笛を鳴らす中、他校の生徒達は、その気迫に呑まれたように無言だ。

「静粛に！　クイズを再開します！」

問読みの声に、徐々に室内は静寂を取り戻す――。

そして、楽しい夜は、ゆっくりとふけていった。

決戦の舞台

「前から思ってたんですよ。いい加減、新しく買い替えるか、車に乗り替えればいいのにって」

運転席の天見は、前方を向いたまま言う。

助手席に座った慎太郎は、腹立たしい思いを胸に、窓の外を眺めていた。「そんなの俺様の勝手だろう」と思いつつ、後ろに置いた農作業用の道具を気に掛ける。段差を乗り越える度に、振動でガチャンと嫌な音をさせている。

修理を重ね、騙(だま)し騙し使っていた俺様の通勤の友が、ついにお釈迦(しゃか)になった。

つい先程、いつものように、信号が青に変わる瞬間に勢い良くダッシュをしたところ、体が前に投げ出された。

いきなりの事で、咄嗟(とっさ)に何が起こったのか分からなかった。

どうやら、前籠に差し込んであった鍬(くわ)の柄が運悪く何処(どこ)かにはさまり、前輪がロックしたらしい。不幸中の幸いで、植えこみの中に落下したおかげで、大事には至らなかった。

だが、通勤中の人で溢れた横断歩道で派手に転んだ上、そこらじゅうに農作業具をばらまいてしまい、あろう事か赤信号で停車中の天見が一部始終を見ていた。

「何で、いつまでもボロい自転車に乗り続けるんですか？」

自転車は転んだ衝撃で前籠を支える金属が折れ、フレームも歪に曲がってしまい、真っ直ぐ進めなくなってしまった。仕方なく、横断歩道の傍にある植え込みに放置し、天見の車に乗せてもらった。

「あの自転車、亡くなったひぃおばあさんの形見なんですよ」

「誰が、そんな話を信じるんですか？」

そして、「もう、シンちゃんったら、朝から笑わしてくれるんだからぁ」と慎太郎の肩をバシンと叩いた。思いのほか痛みが走り、「ぎゃっ！」と叫んでいた。

「あら、ごめんなさい。やっぱり病院に行った方が良くないですか？」

「いいです。湿布でも貼っておけば治ります。あぁ、そこで止めて下さい」

通用門に差し掛かる前に車を止めさせる。

「ここって、園芸部のビニールハウスがあった場所ですよね？　確か、新校舎を建てるのに購入した土地で……」

既に早乙女、百地、大納言、河原崎の四人が集まっていた。

「うわぁ、四人とも真っ黒ですね。どうでした？　合宿」

慎太郎は「まずまずでした」とだけ答えておいたが、収穫はあった。

彼らは最終日の団体戦で、第二高等学校に次ぐ二位という成績で自信を深めた。早乙女と河原崎がそこそこ勝負できるのは想定内だったが、大納言が大健闘した。

「封筒に貼られた切手の剝がし方」や、「切り花を長持ちさせる方法」など、生活の知恵というか、おばあちゃんの知恵袋的なジャンルから出題され、誰も答えられなかったのを、次々と答えていった。

クイズ部員達が慣れ親しんだベタ問ではなかったのが幸いしたのであるが、大納言の意外な得意分野を目の当たりにできた。

「天見先生。このまま、ちょっと待ってて下さい」

車を降り、四人の方へと歩いて行く。

「あ、せんせー」

「おはようございます」

「お盛んですねぇ。朝からデート。あ、もしかして前の日の夜から……」

「お前、ぶっ殺されたいか？」

飛び蹴りを食らわせてやろうかと思ったが、大人しくトマト園へと向かう。

ここは長らく空き地になっていて、何年か前から園芸部の圃場（ほじょう）があったのだが、部員数が減り形骸化してしまっていた。そこで、クイズ研究同好会が使えるように交渉した。

トマトやナス、唐辛子、えんどう豆などが植えられ、今はトマトの最盛期だ。

通勤用の鞄からコンビニの袋を取り出すと、熟した農作物を選んで袋に入れていく。

そして、天見の車へと戻る。

「御礼です」

差し出された袋の中身を、天見はぼんやりと見ている。

「生徒が作ったものですから形はいまいちで、市販のものと同じという訳にはいきませんが、味は悪くないですよ」

そして、天見が何か言う前にハッチバックのドアを開け、鍬とスコップを外に出す。

「よーし、今日はじゃがいもと、人参も収穫するぞ」

「えええー！」

一斉にブーイングが起こる。

トマトやナスは鋏で収穫できるが、根菜類は土を掘り返さねばならない。

合宿に持って行くのにじゃがいもと玉ねぎ、人参を収穫した時は、まだ暑さに慣れていないのもあってか、百地を除いて全員の具合が悪くなった。

「もっと涼しくなってからでいいんじゃね？」

「煩い！　いつかはやらねばならんのだ。文句を言うな。要領は教えただろ。ほれ」

各人に鍬を持たせる。

だが、鍬を振り上げようとした早乙女は、その重さに体をふらふらとさせているし、大納言は見当違いの場所に鍬を振り下ろしてしまっている。

河原崎に至っては、人参を食害するキアゲハやヨトウガの幼虫などの害虫類を思い出してしまい、気分が悪くなったと言い出す。早々にスコップを放り出し、保健室へと引き籠ってしまった。

「まさか、お前達まで芋虫が怖いとか言い出すんじゃないだろうな」

「芋虫より、センセの方が怖いっす。芋虫は生徒に炎天下で畑を掘り返せって言わない……」

「そうか。では、これでもくらえ」

百地の襟首を摑むと、先ほど見つけておいたキアゲハの終齢幼虫を背中に入れてやる。

「うおおおおっ！　シンちゃん。今、何をやったの？　背中がモゾモゾして気持ち悪いんですけど？」

百地はシャツを脱いだが、芋虫は背中にはりついたままだ。

「う、うおぉ、取ってくれー！　ダイ！　オトメ！」

だが、大納言も早乙女も「無理、無理」と言いながら逃げ回る。

「今の子供は虫が触れないと船頭さんも言っていたが、本当だったんだな。だらしない

「……」

慎太郎が百地の背中から縞模様の幼虫を摘み取ると、早乙女と大納言が変な悲鳴を上げる。

「ふおおぉっ！」

「ひああっ！」

「ちょうどいい。金魚の好物だから、後で食わせてやろう」

ビニール袋に芋虫を入れ、空気穴を開けた後で袋の口を結んだ。

「勘弁して下さいよぉ……」

百地がウェットティッシュで背中を拭おうとしている。

「芋虫が嫌いなら、こっちを手伝え」

百地を呼んで、堆肥をかき混ぜる。

部員達が刈り取ってきた雑草に米ぬかを交互に重ね合わせて潰し、畑の土を被せておいたものだ。気温が低い時期は透明のビニールシートを被せて温度を上げていたが、七月に入ってからはビニールは取り払われている。

「下からかき混ぜるんだ。空気を中に入れるように」

百地に指示を出し、スコップで堆肥をかき混ぜさせる。

辺りがカビ臭くなる。

「うわ、ヤバイ！　めちゃくちゃ臭いっす！」

「うむ。順調だな。このカビ臭が土の匂いに変わったら完成だ。来年は、この堆肥を土に混ぜ込むから今年以上に豊作だぞ」

「クイズ部じゃなくて、いっそ農業部にでもしますか？」

「クイズ研究同好会だ」

慎太郎はスコップを立て、そこに肘をついて額の汗を拭った。

さすがに暑い。そろそろ屋内に入った方が良さそうだ。

「おーい、戻るぞー。昼飯の前に、金魚の水槽を洗ってしまおう」

化学実験室では、彼らが池の水抜きで見つけた金魚が飼われていて、その水槽には緑色のコケがはびこっていた。

「餌の食べ残しが腐って、水槽を汚すんだ。誰だ？　パンなんか入れたのは？」

化学実験室は授業でも使われているから、一般の生徒が面白がって餌をやるのだ。ある時期から「エサやり禁止」と貼り紙がされていたが、お構いなしだ。

早乙女はバケツに水槽の水を半分ほど入れて、網で金魚を一匹ずつすくっては入れる。

「オトメ！　俺の相棒を乱暴に扱うなよ！」

タケルと名付けられた黒いワキンが、網の中でじたばたと暴れる。

「こいつが大人しくしないからだ」

　タケルはバケツに放たれると盛大な水しぶきをあげ、他の二匹——赤いワキンのオトメ、リュウキンのダイ——を追いかけ始めた。

　そこへ、バケツを両手に持った大納言が戻ってきた。カルキを抜く為に、あらかじめ水道水を太陽光線が当たる屋外へと出してあったのだ。

　早乙女がポンプを洗い、百地は水槽についたコケをスクレーパーで取り除く。

　三人とも、慎太郎がビニール袋から芋虫を取り出し、金魚が入ったバケツに浮かべるのを気味悪そうに見ている。

　ぷかぷかと浮かぶカラフルな芋虫の周りに、金魚達が集まった。

　同時に、三人も集まってきた。

「お前達、怖いんじゃないのか？」

「へぇ、芋虫って、泳ぐんすね」

「あ、金魚が反応してますよ」

「貴重なたんぱく源だからな。金魚達にとっては大御馳走だ」

　一匹の芋虫を取り囲むように、三匹の金魚は泳ぎ、順に芋虫をつついている。

「さすがに、これは食えないだろう。デカすぎるぜ」

　だが、次の瞬間、リュウキンのダイが大きく口を開き、芋虫を咥(くわ)えた。

「げっ！」

「本当に食ってる！」

「一気に丸呑みするのか？」

だが、芋虫はすぐに吐き出された。と思ったら、今度はオトメとタケルが芋虫の取り合いを始めた。

「ダイにくれてやれ！」

「わー！　やめろよ！　そんなゲテモノを食うのは！」

大騒ぎしていると、教室の扉が開いて、青い顔をした河原崎が入ってきた。

早乙女と大納言が慌ててバケツの上に手をかざし、河原崎の目に入らないようにした。

「キノコ先輩、今、こっちに来ない方がいいっすよ」

だが、三人が目を離した隙に芋虫は消えていた。

「食っちまった……」

三人の戸惑いをよそに、バケツの中をゆうゆうと泳ぐ金魚達。

「一体、どいつが食ったんだ？」

優雅にひれをなびかせる金魚達は、何事もなかったようにバケツの中を泳いでいる。

「みんなー、差し入れだよー。トマトの御礼」

河原崎に続いて、甲高い声を上げながら、天見が教室に飛び込んできた。手には、アイスクリームのカップが入った袋を持っている。

「わー、アイスだ！　アイスだ！」

「アイスが来た！」

天見の名ではなく、アイスを連呼する。

「……今日は図書室の開室日だったな。弁当をかきこんだら、皆で図書室に行こうか」

受験勉強をする生徒の為に、夏休み中も図書室が開放され、そこだけはクーラーが効いていた。

一学期中は朝練の他は、放課後に一時間程度しか活動できなかったのが、夏休みに入ってからは午前中二時間、午後三時間と、集中的に部活動に取り組めるようになった。活動の中心は実戦的な早押しだったが、教室のクーラーが切られているのもあって、せいぜい二時間が限界だった。

だから、今日のように特別暑い日は、図書室に逃げ込むに限る。

ものの十分ほどで弁当を食べ、アイスも平らげた後、連れ立って図書室へと向かう。

今日も、それなりの人数がいたが、窓からさんさんと日光がふり注ぐテーブルだけは、誰も座っていない。まずは、荷物を置いて、そのテーブルを確保。そして、カウンターへと向かう。

「失敬。台車を借りたいのだが」

カウンターの中で作業中の司書を小声で呼ぶと、先ほど収穫した、まだ土がついたじやがいもと人参を差し出す。

「どうぞ、どうぞ」

収穫物と交換するように、倉庫の鍵を渡してくれる。

「おい。お前達、まずは文学全集からだ」

まず、百地と大納言が文学コーナーへ行くと、手分けして文学全集を台車に載せた。

背の高い百地が上段を、大納言が中段から下を担当し、確保したテーブルへと運んで行く。

そして、テーブルで待ち構えていた早乙女が頁を開くと、名刺大のカードにメモを取り、河原崎に渡す。メモを目に焼き付けた後、河原崎はカードをフォルダーに収め、ストックしていく。

これは小説イントロクイズに備えた準備だ。

河原崎は一瞬で覚えたが、他の三人はカードフォルダーに何度も目を通し、知識を定着させてゆく事になる。

「これは読み終わった」

「あいよ」

早乙女の指示で、百地と大納言は本を台車に戻していく。

通りかかった生徒達が、ぎょっとしたように作業中の四人を見る。中には肘で突き合い、くすくす笑っている女子生徒までいた。

「終わりました」と早乙女。

「よし。撤収」

読み終えた本は次々と台車に積み上げられ、棚まで移動したら、全員で順番通りに戻してゆく。この時、ついでに雑巾で棚の埃を払うのも忘れない。

「次は百科事典だ。こないだの続き」

文学全集の棚を綺麗に片付けると、今度は百科事典が並んだコーナーへと台車を進める。

そして、棚一列分の百科事典を台車に載せると、またテーブルに戻ってくる。

今度は、各人に割り当てられたジャンルを読んでゆく。

生物、化学、物理など理系は早乙女。

文学と歴史は河原崎。

スポーツ科学は百地。

「百科事典に載っている問題など、小学生レベルだと馬鹿にするなよ。今のクイズはマニアックな問題や難問より、定番問題へとシフトして行っているんだ」

クイズの世界にも流行はある。

答えを聞いても意味が分からない問題は影を潜め、今は早押しにウエイトが置かれるようになったのだ。

「あのぅ、何で僕だけ百科事典じゃないんですか？」

大納言の手には『はじめてのパッチワーク』が握られている。傍らには『おばあちゃんのおばんざい』と、ベストセラー『人生が変わるキラキラお片付け』が積んである。

「お前は、早乙女や河原崎が答えられない問題を担当だ。たとえば……」

びっしりと問題文が書かれたＡ４用紙を手渡す。神妙な顔で受け取ると、大納言の眉が情けなさそうに垂れ下がる。

「あのぅ、『茶渋取りやＩＨクッキングヒーターの焦げ付き掃除に使う炭酸水素ナトリウムの別名は何？　重曹』とか、『小麦粉はタンパク質の含有量の多い順に強力粉、中力粉と何？　薄力粉』とか、やたらと生活感のある問題が並んでるんですけど……」

慎太郎は人差し指を立てた。

「その通り。主婦ネタ、或いはいわゆるおばあちゃんの知恵袋的問題だ」

「おばあちゃん……」

「どうだ？　おばあちゃん子のお前にぴったりじゃないか」

「はぁ……」

「期待してるぞ。お前の女子力に」

「じょ、女子力……」

百地が腹を抱えて笑い、早乙女も必死で笑いたいのを堪えている。

司書が近づいてきた。彼女も笑顔だ。

「本当に仲がいいですね」

そうでもないんだが、適当に相槌を打っていると、早乙女が独り言のように呟いた。

「とんでもない。めちゃくちゃ仲が悪いです」

「あら、そうなの？　さっき、カウンターで聞かれたのよ。何故、早乙女くんと校内マラソンで優勝した子が一緒に活動してるのかって」

百地はスポーツテストで超高校級の記録を叩き出し、その締めくくりとして行われた三キロ走でも、陸上部員を差し置いて一番だった。

二人が激しく口論しながらドブさらいをしたり、鍬をふるっていると、遠巻きで見ている生徒が何人もいた。

その傍らでは大抵、大納言が河原崎に向かって『デミ・ヒューマン』について熱く語っていたり、その河原崎はグリーンの鬘と花でエルフィンのコスプレをしているのだから、嫌でも目立つはずだ。

やがて、午後四時を知らせるチャイムが鳴った。

「よし！　明日は大崎八幡宮で必勝祈願だ。東北楽天ゴールデンイーグルスも、あそこで優勝祈願したんだ」

帰り支度を終えた四人を校門まで送り出しながら、慎太郎は拳を突き出した。

「でも、楽天はずっと優勝から遠ざかってるっすよ」と百地がまぜっ返す。

「大して御利益ないんでしょ。時間の無駄です」

早乙女がそう言い捨てるなり、何処からか飛んできた蟬が早乙女の眼鏡に直撃した。

「わ、神様が怒った」と大納言が大袈裟に言うと、百地が「オトメ！　謝れ！　早く！」と急き立てる。

「……馬鹿馬鹿しい」

眼鏡を外し、レンズにひびが入っていないかを確認しながら歩いていた早乙女が、今度はいきなり躓いた。

「ほーら、罰が当たった！」

地面に伏せたまま呆然とする早乙女に、百地は大喜びだ。

「うるさいなっ！」

立ち上がりざま、百地の脚にタックルしたから、二人は土埃を上げながら倒れ込んだ。

「いてっ！　乱暴な野郎だな！」

取っ組み合いが始まる前に、割って入る。

「いい加減にしろ！　明日神社に足を運んで、必勝祈願ついでに謝ればいいんだ！」

＊

——その翌朝。

「あれ？　先生」

バス停の列に並んでいると、向こうから歩いてきた大納言と河原崎に見つかった。

「今日は自転車じゃないんですか？」

両手を胸元まで上げ、ハンドルを握る真似をする。

「さすがに大崎八幡宮は遠い。それに、夏の盛りに自転車で駆け回るのは危険だ」

そのうち早乙女が、少し遅れて百地もやって来た。

「れ、シンちゃん。自転車はどうしたんすか？」

同じ説明を繰り返したが、百地はしつこかった。

「えー、でも、こないだは自転車で山道を走ってたすよね。俺らが走るのに並走して。立ち漕ぎで……。もしかして、あれで懲りたとか」

ここで、慎太郎の負けず嫌いが首をもたげた。

「何のあれしき。実は……自転車は修理中だ」

「ふうーん」と、百地は意味ありげに薄ら笑いを浮かべた。

「何だ？　何がおかしい」

「……か、隠さなくたっていいじゃないっすか。……俺、ぜーんぶ天見先生に聞いたっす。……シンちゃん……、交差点で自転車ごとすっ転んだって……。もう、面白過ぎ……」

そして、我慢できなくなったのか、腹を抱えて笑い出した。見ると、大納言と早乙女も顔を背けて肩を揺らしている。ただ一人、何も知らされてないのか、河原崎だけがポカンとしていた。

「な、何だとぉ？　畜生……、あの馬鹿女……」

羞恥と怒りで身を震わせていると、やがて「るーぷる仙台」が西口バスプールに滑り込んできた。

夏休み中で七夕の最中のせいか、通常の休日以上に観光客が多かった。

「今、横切りますのは東二番丁通りです。二〇一三年には、ここで楽天の優勝パレードが行われました。イナバウワーの荒川静香選手、羽生結弦選手の金メダルパレードも行われました。共に仙台市出身です。なお、これから向かいます青葉山の五色沼は、フィギュアスケート発祥の地とされ……」

県外から来た客を慮（おもんぱか）ってか、運転手のガイドはいつも以上に冴えている。

「一番町横切ります。左右のアーケードの高さに御注目下さい。七夕を飾る為に、アーケードが高くなっております」

アーケードの入口には、仙台七夕の特徴である丸い大きなくす玉が吊り下げられ、そこから吹流しが長々と垂れ下がり、お祭り気分を盛り上げる。

その後、バスは「博物館・国際センター前」、「仙台城址」と停車する。乗客のほとんどは「仙台城址」で下車した。

「来年の新入生勧誘会では、伊達政宗公を背景に撮影したスナップ写真を使いたいな。ただ撮影するだけでなく、銅像に登って……」

何気ない呟きに、「もしかして、シンちゃん。登った事あるんすか？」と百地が反応した。

実は高校時代に一度、たくらんだ事があった。大会出場時のメンバー紹介用集合写真に、目立つ背景が欲しかったからだ。

だが、台座の高さは五メートルあり、二人一組で肩車で持ち上げたとしても手が届かず、脚立でも足りない。投げ縄の要領で、錘（おもり）のついた縄を上手く馬の脚に引っかけて登る案も出されたが、台座の上部に返しがついている上、表面がつるつるしているから、そこで足止めを食らうのは目に見えていた。

しまいには、すぐ傍に立つ松の木から飛び移れないかと言い出す者もいたが、警備員に見つからないように首尾よく撮影できるアイデアも浮かばず、馬上の伊達政宗公に接近してのショットは断念した。

「ま、今なら無理に登らずとも、幾らでも写真を加工できる」

――とは言え、業務用の二連梯子を使えば、登れない事もないんだが……。

不穏な気配を察知したのだろう。早乙女がボソリと言った。

「僕は登らないですからね。絶対に……」

＊

「凄いのが出来たな」

缶コーヒーを片手に、百地がぐるりと首を巡らし、早乙女と大納言がそれに倣う。

「おいおい、何処の田舎者だよ？」

慎太郎が言うのも構わず、呆けたように口を開けている。

『サンシャイン仙台』はビール工場跡地の敷地を存分に使い、芝生を敷き詰めたグラウンドは、キャンプ場にでも出来そうなぐらいの広さで、大学のキャンパス並みに空間を贅沢に使っていた。

そのグラウンドは今、ロープで囲いが作られ、入場が制限されている。

今日は、ここで『クイズ@サンシャイン仙台』が開催される。

ロープで囲われたエリアの右側には、○と書かれたボード。左側は×。通りかかったギャラリーが、設営されたステージを物珍しそうに見ていた。

「どうだ？　今の心境は」

「待ちきれないっす。早く始まらねえかな」

「……わくわくしてます」

百地と大納言の言葉に、慎太郎は満足げに頷いた。

招集場所へと向かう通路には、参加者が列をなしていた。

集まった参加者は百チームを超えていた。

そして、応援やギャラリーも来るから、その倍以上の人数が今、『サンシャイン仙台』に向かっているだろう。

「遅いな、河原崎は。何をやってるんだ？」

天見と一緒に来ると言っていたが、なかなか現れない。

「人が多過ぎるせいで、電話も繋がらない」

会場の雰囲気に呑まれたのか、早乙女は車酔いしたように青い顔をしている。

「ト、トイレに行って来ます」

「何だ、腹でも壊してるのか？　さっさと行って来い」

切羽詰まったような顔で、早乙女が駆け出す。

「しょうがないな。早乙女は……」

大きな大会への出場が初めてとはいえ、メンタルが弱すぎる。

確かに、大勢の参加者を前に圧倒されるのは理解できる。だが、ほとんどが雑魚だ。

本当に気をつけなければいけない相手は、数えるほどしかいない。

その一つのチームが今、慎太郎の視界に入った。

土門が率いる第二高校クイズ部が、幟を手に一塊になって歩いてくる。

「おぉい、土門。こっちだ、こっち。……TQAの連中は来てないのか？」

「応援に駆けつけてくれるって話だったんですが……」

トイレに行っていた早乙女が戻ってきた。

「どうした？　本当に腹を壊したか？」

浮かぬ顔をしているのを不審に思う。

「物凄い人数の応援団が来てるチームがいて……」

早乙女の先導で見に行くと、見覚えのある一団がいた。

総勢で五十名はいるだろうか。御揃いの赤いTシャツで一帯が埋め尽くされていた。

白抜きで「Sendai-shi government office」とバックプリントされ、応援用のスティックバルーンを手にしている者もいる。

「仙台市役所だ……」

慎太郎の言葉に、大納言が「市役所が何でクイズ大会に来るんですか？」と聞いてきた。

大納言は主催側から支給されたビブスがはち切れそうで、「ダイ」と名前が印字されているのが、笑えてくる。

「仙台市役所の職員で構成されたクラブだ。つまり、公務員チーム」

学校でいうところの部活が自治体や企業にもあり、働きながら競技をしているのだと教えてやる。

「スポーツの実業団チームほどガチではない。趣味を通して親睦を深める同好会といった位置付けだが、大会に出場する為に部内で選抜を行い、上位に残った者でチームを組んでくる」

「へ、へぇ……。本格的ですね」

圧倒されたように、大納言は目を白黒させている。

「大人が本気でクイズを極めているんだ。気を付けろ。手強い相手だぞ。ライバルは第二高校にG学院大学。そして、仙台市役所チームか……。まずい、非常にまずい……」

「グルメ&温泉ツアー」は俺様のものだ。負ければ、夏休みがふいになる。

「エルフィンだ！」

大納言が指さす方向を見ると、人垣が出来ていた。

その中央にいるのは、グリーンの鬘を花で飾った河原崎だった。おまけに今日は衣装も完璧で、次々と写真撮影をねだられている。

「ちょっと、行ってきます！」と、スマホを手に駆け出す大納言を呼び止める。

「撮影は後だ！　とにかく河原崎をここまで連れて来い！　おーい、分かったな！」

やがて、大納言を挟むように、河原崎と天見がこちらに向かってきた。

「ぐえ、天見先生までコスプレしちゃってますよ！」と、百地が叫ぶ。

天見はオレンジの鬘にグリーンのミニドレスで、羽根を背負っている。エルフィンの仲間・フェアリーのつもりだろうが、モデル体型でない天見のコスプレは痛々しかった。

「もう、参っちゃいますよ。シンちゃん。ここに来る途中も、何度も引き留められて、撮影会が始まるんですから……」

天見は嬉しそうにその場で一回転し、ミニドレスの裾をひらりと翻したかと思うと、

「サービスショットです」と、ウインクしてみせる。

「ぐ……、そういうサービスはいいです。全く、いい年をして……」

「あー、シンちゃん。女性に年齢の事を言うのって、セクハラですよ。いけないんだー」

頭が痛くなってきた。それを言うなら、見たくもない物を見せられるのもセクハラだ。

「いっその事、全員コスプレで参加しちゃったらどう？　駅前のビルにコスプレグッズを売ってる店があって、私達もそこで買ったんです」

一瞬、いい考えだと思った。

だが、早乙女は別として、うちには規格外の体型の部員が二人いる。

「ユニークなアイデアですが、次にしましょう。おい、みんな、集まれ」

集合をかける。

「一回戦は○×クイズ。各チームから一名が代表で出場だ。ここは安全に早乙女で行く」

早乙女を伴い、参加者ゲートへと向かう。

不正が行われないように、ホールに入れるのは参加者のみ。連絡が取り合えないように、スマホは受付で回収される。

「頼むぞ」

がちがちに固まっている早乙女の肩を叩き、送り出す。

「ここは、さくっと通過するぞ」

早乙女は期待通り一回戦を通過した。

残ったのは五十チーム。

そして、二回戦のペーパークイズで八チームに、三回戦で四チームに絞られる。

だが、その三回戦の形式は発表されていない。

さて、一体、どういう形で対戦させるのか――。

＊

集まったチームの面々は、口々に「何だよ」とぼやき、戸惑っていた。

二回戦のペーパークイズを突破した面々だ。

「今どき？」

「ウルトラクイズじゃあるまいし……」

伏せられていた三回戦の形式は、ばら撒きクイズだった。

説明しよう。

ばら撒きクイズとは、往年のクイズ番組『アメリカ横断ウルトラクイズ』が生んだクイズ形式だ。

砂漠など広大な場所で問題の入った封筒をヘリコプターで遠方にばらまき、プレイヤーはそれを拾って司会者のところまで戻り、問題に答える。ただし、中には問題が入っていないハズレも存在するから、何度も走る体力を温存しておかないといけない。まさにサバイバルレースだ。

「静粛に」

てっきりボードクイズか早押しだと思い込んでいたのだろう。ざわざわとする挑戦者に、司会者が厳かに言う。

「これよりルールを説明します。ばら撒きエリアは二カ所あり、手前の第一エリアはハズレの確率が五〇パーセント。遠方の第二エリアはハズレなしとなっております」

見上げると、二カ所あるばら撒きエリアにクレーン車が出動していた。地元の消防署の協力でも得たのだろうが、さすがにヘリコプターまでは使わないようだ。

「封筒には落下傘が結ばれています。この赤と白の落下傘です」

司会者は見本を掲げた。

「一チーム、三問正解で決勝進出とします」

もらった！

慎太郎は秘かに快哉(かいさい)を叫んだ。

第二エリアに到達するには、長い階段を登らなければならない。

こういう時に、瑞鳳殿での階段上りトレーニングが役に立つのだ。

「百地」

呼ばれると、百地はすっと傍に寄ってきた。

「いよいよお前の出番だ。日頃のトレーニングの成果を見せる時だぞ」

そう囁くと、突如、百地が雄叫びを上げた。

「おっしゃぁーーー、ウォーミングアップだ！」

そして、いきなり五十メートルダッシュを開始した。勢い良く走っては止まり、休憩した後に走り出すのを繰り返す姿を、仙台市役所チームのリーダーが陰険な目つきで追っている。そして、「おい」と仲間を呼び寄せ、ひそひそと話し合っている。

東二番丁高校に俊足のプレイヤーがいると知り、その対策を練っているのだろうが、百地が脳味噌(のうみそ)まで筋肉なのには気付いていなさそうだ。

ばら撒きクイズには百地の他に、早乙女と大納言を起用した。

「お前達が戦っている間、河原崎には次のステージに向けて片っ端からデータをインプットさせる」

早乙女、大納言の顔を、交互に見る。

「いいか。ここは二手に分かれる。早乙女と大納言は第一エリア担当だ。二枚に一枚はハズレだが、お前達だって百地の先導で走り込んできたんだ。アタリが出るまで走り続ける体力と根性はあるはずだ。な？　……おーい、そのぐらいにしとけ。本番前にへバるぞ」

手を振って百地を呼び戻す。

「百地は手前のエリアは無視しろ。お前が狙うのはハズレのない第二エリアだ」

ハズレを引く率が半分というなら、体力が有り余っている者は第二エリアの一択だ。

ばら撒きクイズは、問題文を全て聞く事ができる。だが、考えても分からない問題が出た場合、どちらにしろお手上げだ。

それに加えて第一エリアでハズレが出る可能性まで鑑みたら、運が大きく左右する形式でもあるのだ。

運なら、日頃の行いがモノを言う。

やがて、カウントダウンが始まり、華やかな演奏と共に問題がばら撒かれた。駆け出す各チームの挑戦者達。

二十四人の中で、誰よりもスタートダッシュが速かったのが百地で、ついて行けた者はいない。

風の影響か、封筒はなかなか落下してこない。

百地が第一エリアを通過する頃には、まだ落下傘は上空をふわふわと漂っていた。百地は第二エリアに到着すると同時に、その場でジャンプをし、落下傘を一つ摑み取った。

その頃、第一エリアでは、ようやく一つ、二つと落下傘が落ちてきたところだった。落下した数少ない問題に皆が群がり、取り合い、小競り合いまで始まっていた。第一エリアで問題を拾うのを諦めて、遅れて第二エリアへ向かった者もいたが、一番乗りで司会者の所に戻ってきたのは百地だった。

「問題」

息一つ切らしていない百地に向かって、司会者が問題を読み上げる。

だが――。

「分かりません」

いやに堂々と、胸を張って答える百地に腰が砕けそうになる。

「馬鹿者！　すぐに問題を取りに行け！」

気を取り直して叫ぶ。

「おしっ！」

百地は威勢の良い気合を入れると、また第二エリアへと向かって走り出した。

「ドンマーイ！　百地くん！」

天見の声に、走りながらピースサインを出して答えている。

「これまで出番なかったから、張り切ってますね！」

「健闘を祈りましょう」としか言えない。

続いて、早乙女が第一エリアから戻ってくる頃には、司会者の前に数人の行列が出来ていた。

前の三人が解答し、早乙女の番になる。

問読みが恭しく封筒の中から問題を取り出し、やけにゆっくりした動きで広げる。

「ハズレー」

無常な言葉に、早乙女は呆然とその場に突っ立っている。

「馬鹿！　走れ！」

思わず叫んでいた。

次は大納言だ。

「問題。鉤に掛からずに餌だけを食べることが多いため、『餌泥棒』、『餌取り名人』と呼ばれる海水魚は何？」

慎太郎の胸が跳ねた。

――もらった！　答えはカワハギだ！

ＴＱＡの合宿で漁に出た時、船頭が説明していた事を聞いていれば答えられる問題だ。大納言は何かを思い出そうとするように首を傾げている。本人も何処かで聞いたような話だと思っているのに、言葉が出てこないようだ。

慎太郎は咄嗟に唇を付き出し、オチョボ口をしてカワハギの真似をしたが、大納言はこちらを向こうともしない。

――大納言。思い出せ。船頭さんが言ってた事を。

慎太郎は必死で口をすぼめ、カワハギの顔のまま、大納言を見守る。段々と顔が疲れてきた。

「残り時間は、あと五秒。……四、三、二」

その時、新たな問題を手にして戻ってきた早乙女が、大納言の視界を横切った。

「あ……、分かった！」

大納言が叫ぶ。

「早乙女く……、いえ、カワハギ！　答えはカワハギです！」

正解の効果音が鳴る。

慎太郎は「いいぞ！」と叫んでいた。

そして、三人置いて、早乙女が二問目。

「立派なものでも持つ人にとっては無意味な事を『猫に小判』と言う。では、豚とくれば？」

「真珠！」

よしっ！

二ポイント先取でリーチだ。ハズレ札が多いせいか、他のチームはまだ、一ポイントを獲っただけだ。

だが、調子が良かったのはそこまでだった。またもや早乙女がハズレを引き、百地が二問目でも不正解。

その間に市役所チームがリーチとなる。ここにも一人、俊足のランナーがいて、おまけに百地と違って頭脳明晰。軽く一問目に正解していた。

時間が経つにつれ、第一エリアでのハズレ率の高さに焦り、第二エリアへと狙いを絞るチームが増えた。息が上がり、司会者の前で呼吸を整えている者もいた。

そんな彼らに比べて、百地は涼しい顔で第二エリアへと駆けては戻ってくるが、正答できない。早押しと違って、落ち着いて問題文を聞く事ができるのに、百地でも分かるような簡単な問題を引き当てられないのだ。

――残念だが、誰もお前を助けてやれない。頼む。頼むから、頭を使ってくれ。

歯がゆさを感じながら見ている時、百地がバランスを崩した。すれ違いざまに、他の挑戦者と接触したようだ。百地はすぐに立ち上がり、走ろうとしたが、何処か傷めたのか脚をひきずっている。

「おいっ！　無理するな！」

バランスを崩したまま走る百地に向かって叫ぶ。だが、百地は止まらない。

その時、早乙女が駆け寄るのが見えた。早乙女は百地を止め、暫く二人は何か言い合いをしていた。早乙女が諭すように肩に手を置いている。

やがて、二人は肩を組んだ。

そして、二人三脚のような恰好で第一エリアへと向かった。仙台市役所チームは第二エリアへと向かっていたが、もう、二人には第二エリアへと向かう余力はない。

「第一エリアでとれ！」と叫んだ慎太郎に、運営が「お静かに」と注意した。

戻ってきた時には二人とも真っ赤な顔をし、息も切れていた。後ろからは市役所チームが迫ってきており、二人は持てる力を振り絞って司会者のもとへと急ぐ。

司会者の前には二人いた。その一人が土門だった。

彼らのチームは共にリーチをかけていて、あと一ポイントで準決勝進出となる。

その後ろにまず早乙女が、そして、百地の順で列に並ぶ。やや遅れて、仙台市役所チーム。

先頭に並んでいた者が渡した封筒が開かれる。

「問題……」

だが、解答者は答えない。

シンキングタイムが刻々と過ぎていく。

制限時間一杯で解答したが、答えはバツだった。司会者の無情な声に、解答者は必死の形相で駆け出す。

次に土門。

問読みの後、ゆっくりと土門が答える。

幟を手にした第二高校チーム応援団が固唾を呑む。

暫しの沈黙の後、司会者はさっと合図をした。

頭上のくす玉が割れ、ブラスバンドの演奏が始まった。

「まずは、準決勝に進出する一チームが決まった。第二高校、おめでとう」

ブンチャ、ブンチャというリズムに乗って、土門に「セミファイナリスト」と書かれたボードが手渡された。

「さあ、枠が一つ埋まったぞ」

司会者がゆっくりとした動きで、早乙女から封筒を受け取る。

もし、早乙女の選んだ封筒がハズレだった場合、もしくは誤答した場合は、百地に賭けるしかない。

早乙女が渡した封筒を、司会者が真面目くさった表情で開く。司会者の片方の眉が跳ねあがり、つられて慎太郎も肩をすぼめた。口から飛び出しそうな勢いで、心臓が跳ねる。

祈るように、早乙女が目を閉じている。

「問題は……」

ごくりと唾を呑む。

「これだー!」

示された封筒の中身は真っ白。

慎太郎の頭も真っ白になる。

早乙女はふらふらとよろめくように脇へとそれ、次の解答者、百地に席を空けた。もう、走る元気も、クイズを続ける気力も残っていないようだ。その場に座り込んでしまった。

百地が司会者に封筒を渡す。

「……問題。ルーニー……」

良かった。

ハズレは引かなかった。はぁっと息をついたから、周囲にいた者が振り返った。

「ロッペン、スナイデル、イニエスタ、アルシンド。……サッカー選手以外の共通点は何？」

早乙女は祈るように手を握り、百地を見ている。

その百地が、さり気なく髪をかき上げた。そして、マイクに顔を近づけた。

「答えは……『ハゲ』っす」

暫しの沈黙。

目を閉じる早乙女。

わざとらしく、もう一度髪をかき上げる百地。

「正解！　東二番丁高校、準決勝進出おめでとう！」

ブラスバンドの演奏が始まった。

「やった！」

「やったぞ！」

早乙女が座ったまま片手を突き上げ、百地はその場で飛び上がった。そして、落下した途端に「痛い！　痛い！　痛い！」と叫んだ。先程、転んで痛めた脚に響いたらしい。

「シンちゃん。私もさっきから痛いんですけど」

気が付くと、慎太郎は隣にいた天見の腕をきつく摑んでいた。

涙のチーム戦

「みんな。準決勝に進んだだけで満足するなよ。俺達の目標は優勝なんだからな」

他に準決勝に残ったのは、三チーム。

土門率いる第二高等学校と仙台市役所チーム、そしてG学院大学だ。

残るべきチームが残った。

いずれも侮れないチームだ。

準決勝と決勝は団体戦の早押しと決まっている。二チームごとに振り分けられてのトーナメント式で、勝ち抜いたチーム同士で優勝を争う。

カフェテリアの窓越しに、会場に設営されたステージが見える。立てかけられたボードには、三回戦開始の時刻が書かれている。

ハンバーグ定食とカレーライスを食べ終えたにもかかわらず、まだ物足りなさそうにしていた大納言が「仙台市役所チームは、そんなに強敵なんですか？」と聞いてきた。

「強い。おまけに老獪（ろうかい）……、というか汚い」

「汚い？」

大納言は仙台市役所チームの面々を見た。

赤いTシャツの一群は広場に陣取り、「たんや善治郎」の牛たん弁当の包みを広げていた。

「そうですか？ ちゃんと髭も剃って、ぱりっとした恰好してますけど」

「そうじゃない。プレイの事だ。中高生を相手にフェイントで潰すような大人げない真似を、平気でやってくるんだ。俺もやられた事がある。後にも先にも、あんな悔しい思いをした事は……」

その時、コールベルに伸ばされた手が目の端に映り、慎太郎は反射的に先にボタンを押していた。

「よっし！ 解答権ゲット！」

相席になった家族連れの父親が「え、あ、あ？」と戸惑っている。

「や、失敬。つい……。あ、こちら。注文を聞いてあげて下さい」

コールベルに反応した従業員に、相席の家族連れの方を示す。

慎太郎の行動が余程、謎だったのか、それとも慎太郎と高校生たちとの組み合わせに興味があるのか、彼らは注文し終わった後も、まじまじと慎太郎を見ていた。

「ただ、今日の出題傾向を見ていると、そうそう難問は出なさそうだ。早押し勝負になると、経験値で劣るうちは少々、不利だ。いいか？　河原崎の良さを生かすとしたらだ……」

だが、百地も大納言も人の話を聞いておらず、百地は通りかかった女子グループを目で追っているし、大納言は名残り惜しげにメニューをめくっている。

「どうして、お前達はそうなんだ？」

丸めたパンフレットで、順に二人の頭を叩いていた。

「いてっ……。そう、ぽんぽん叩かないでもらえます？　馬鹿になったらどうするんですか？　おい、オトメ。センセに何とか言ってくれよ」

隣のテーブルでメモを読んでいた早乙女が、氷のような視線を向ける。

「元から馬鹿だろ」

「……んだよ。オトメ。妙につっかかるな。俺、何か悪い事した？」

「邪魔なんだよ」

それだけ言うと、早乙女は手元のメモに目を落とした。

「邪魔はないだろ？　邪魔は……」

「今、そうやって喋ってるのですら邪魔なんだ」

「てめぇ！」

椅子を蹴って立ち上がると、百地は早乙女の胸ぐらを摑んだ。

「さっきからムカつく野郎だな。ちょっと、外に出ろ」

相席の家族連れの母親が「きゃっ」と悲鳴を上げ、子供を抱き寄せた。

「よせ、よせ。こんなところで」

割って入ると、百地はあっさりと手を離した。

「機嫌が悪いからって、周りに当たるなよな」

無言の早乙女に対し、百地が聞こえよがしに舌打ちした。

「今から準決勝だぞ。仲違いしててどうする？　早乙女。お前も言葉が過ぎるぞ」

早乙女は溜め息をつくと、立ち上がった。

「おい、何処へ行くんだ？　オトメ！」

すたすたと歩き出し、振り返りもしない早乙女に不安を感じたのか、百地が椅子から腰を浮かせる。

「放っておけ」

「……ほっとけって、今から準決勝でしょうが？　オトメがいなきゃ勝てない」

「知るか。だいたいお前が早乙女に絡むからだろうが。見ろ」

早乙女が座っていた場所を指さす。

そこには手つかずの昼食がそのままになっている。食べる間を惜しんで、問題を頭に叩き込む事に集中していたのだ。

大納言が立ち上がり、早乙女が立ち去った方向へと向かった。

「ダーイ。おい、ダイっ！」

大納言が足を止めた。

「オトメに『悪かった』って言っといてくれ」

振り返った大納言は、両手でメガホンを作った。

「悪いと思ってるんだったら、僕と一緒に来て、自分で謝りなよー！」

天見が笑いながら声をかけてくる。

「大納言くんの言う通りだよ。ちゃんと自分で謝らなきゃ」

「ちぇっ！」

百地が立ち上がる。

「トイレで糞(くそ)してきます」

「ちゃんと点呼の時間には戻って来いよ」

三人がいなくなったテーブルは、急に静かになった。

離れた場所にある二人掛けのテーブルでは、河原崎がノートをめくっていた。その前には天見がいる。

慎太郎は会場内を見渡した。

設営されたステージの周囲にはテントが張られ、それぞれのブースにスポンサーの商品が置かれている。大会参加賞の他に記念品が用意され、フードコーナーまで設けられているが、いずれも『サンシャイン仙台』に入っている店舗による提供だ。

立ち上がると、慎太郎は天見達が座るテーブルへと近づいた。

「天見先生、協賛企業の社歴を調べて、概要を書き出して下さい。創業者の名前と経歴、創業年月日、ヒット商品の発売日も押さえて下さい。他に社を左右するようなイベントも……。あぁ、皆が知ってそうな事は省いてもらって結構です」

河原崎に覚えさせる事柄は、厳選しなくてはいけない。

二人で手分けして、スマホを操ってアンチョコを作る為の検索を始める。

フードコーナーで提供されている飲み物、食べ物のスポンサーについても、同様のアンチョコを作ってあり、事前に用意した分だけでもノート一冊分に達していた。

河原崎はさらり、さらり、とノートをめくってゆく。

外界の音が聞こえているのかいないのか、一心にノートに書かれた大量の文字を目に焼き付けている。

「あまり根を詰めるな。適当に休憩しろよ」

そう呼びかけたが、反応がなかった。

怖いぐらい、集中している。

ここ暫く、彼女に大量の文書を覚えさせるのは控えていた。今、水を吸うスポンジのように、メモの内容を吸収しているのだろう。

「河原崎の飲み物をとってきます」

席を立った慎太郎の後を、天見がついて来た。

「演劇部にいた時も、あんなでした。その時は凄い子がいるもんだって思ったけど……。でも、よく考えたら厄介な才能ですよね。目にしたものは何でもかんでも覚えてしまって、忘れられないんですから」

ドリンクバーの列に並ぶと、天見は小声で囁いた。

「全く難儀な才能ですよね？」

「とは？」

「だって、覚えているのは、役に立つ事ばかりじゃないでしょ？　どうでもいい事や忘れてしまいたい嫌な事、そんなのも全部、頭に記録されてしまう。もし、自分がそんな能力を持ってたら、ちょっと嫌かもしれない」

コールドドリンクのサーバーの前に立った慎太郎は、オレンジジュースを選んだ。オレンジ色の液体が、紙コップに注出されてゆく。

「だったら、少しでも多くの楽しい思い出を作ってやりたい。そう思いませんか？」

「は？」

意味が分からなかったのか、天見が聞き返してきた。

「頭の中を楽しい思い出で埋め尽くして、嫌な思い出を隅に追いやるんです。だからと言って、ネガティブな記憶が上書きされる訳じゃないが、それで少しは人生が楽しくなるんじゃないですか？」

天見は黙り込んだ後、急に笑い出した。

「何がおかしいんです？」

「超マイペースなのに、案外、ちゃんと生徒の身になって考えてるんですね」

「案外は余計です。案外は」

「シンちゃんって、実は人たらしだったりして。だって、教頭先生も何だかんだ言って、シンちゃんの思惑通りに動いて……。それに、あの水と油みたいな四人組もワイワイやって……。絶対に楽しんでますよ。彼ら」

「好きに想像して下さい。……遅いな。ちょっと奴らを探してきます」

いつまでも薄ら笑いを浮かべている天見を残し、慎太郎はカフェテリアを出る。

途端に、休日の喧騒で沸き返る空気に取り込まれる。

「何処へ行ったんだ。あの馬鹿どもは……」

人波に逆らうように進んで、隣のゲームコーナーを覗く。

その一角に人だかりがしていたから、何気なく目をやった。

「くそ！　負けないぞ！」

「かかって来い！　このオトメ野郎！」

早乙女と百地の声だ。

――また喧嘩か？　一体何をやってるんだ！

小走りで駆け寄り、人垣をかき分ける。

目の前で繰り広げられている光景に、慎太郎は言葉を呑んだ。

早乙女と百地は「早押し選手権」の両サイドに陣取り、勝負の真っ最中だった。

「ええいっ！　これでもくらえ！」

「何をっ！」

早乙女は顔を真っ赤にして指でボタンを連打しては、プラスチックハンマーを頭に受けている。

「もう一回！　今度こそ負けない！」

「いくらでも相手してやるぜ」

ギャラリー達は「おいおい、まだやるのか？」とぼやいている。

「おい。そっちのデカい兄ちゃん。一回ぐらい負けてやれよ」とヤジを飛ばしている者もいるから、ずっと早乙女が負け続けているのだろう。

慎太郎はギャラリーの合間を縫って、ようやく最前列へと出た。

「お前達。大事な時に何をやってる？」

二人は、はっとしたように慎太郎を見る。

慎太郎は早乙女を押しのけ、台からどかせた。

ギャラリーが「おおー」、「何だ何だ」と騒ぐ。

慎太郎はそっとボタンに触れ、遊びを確かめた後、両足のポジションを決める。

「百地！　今度は俺様が相手だ」

思わぬ展開に、ギャラリーは大喜びだ。

「よっし！　センセ。手加減はしないぜ！」

そして、天見が呼びに来るまで、二人はゲームに熱中していた――。

＊

点呼十分前――。

非常階段の踊り場で、四人と向かい合っていた。

薄暗く、人気のない場所はミーティングにぴったりだ。

「お前達の目標は何だ？」

早乙女に視線をやる。

「目標って……、これから対戦する仙台市役所チームを負かす事じゃないんですか？」

「それだけか？」

「その先の決勝も勝って、優勝する事です」

「ほぉ、優勝すると公言できるところまで来たか。随分と成長したな」

慎太郎は頷いた。

「半年前、お前達は決してクイズがやりたくてたまらない生徒ではなかった。俺に引きずられて仕方なく始めた。或いは逃避の場として選んだ。そうだろう？」

四人は顔を見合わせる。

「それにもかかわらず、今、優勝を狙えるポジションにいる。先生は誇らしいぞ」

早乙女、百地、大納言、河原崎の顔を順に見ていく。

「もちろん、ここで仙台市役所チームを負かし、その次のステージで勝って優勝する。それも目標の一つだ。ただし、それは点の目標だ。その点が繋がって一本の線になる。その線の先に将来の夢は描けているか？　自分の夢や、高校を卒業したらどういう生活を送りたいか……。考えた事はあるか？」

「な、何だよ、いきなり」

百地が戸惑ったように声を上げたが、他の三人は黙り込んでいる。

「ここはゴールじゃない。通過点なんだ……。だが、皆の青春の思い出の一頁として、今日という日を大事にして欲しい。どうだ？　早乙女」

　名指しされた早乙女は、唾を呑み込んだ。そして、暫し何かを考えた後、口を開いた。

「僕は、何をしたいかは決まっていない」

「うむ」

「だから、勉強を頑張って、大学に入ったら考えます」

「選択肢を広げる為に勉強し、自分の能力を最大限に生かせる場所を探すという事だな？」

　高校生らしい、しごくまっとうな答えだ。

「百地は？」

「んーと……」

　神妙な顔で頭をかいていたが、にやりと笑った。

「俺はオトメみたいに頭が良くねえから、お姉ちゃんにモテモテのうはうは人生を送れるように、何でもいいから目立ちたいっす」

「今日、優勝すれば目立てるぞ。大納言」

「僕は、『デミ・ヒューマン』の制作会社に入社したいです」

「ほう、夢はアニメの制作か？」

「はい。いつかは自分が監督して面白いアニメを作りたいんです」

　そして、ぽっと顔を赤らめた。

「そうか。是非、クイズが登場するアニメを制作してくれ。最後は河原崎か……。お前は何か夢があるのか？」

　小首を傾げた後、河原崎がぽつりと呟いた。

「ずっとクイズをやっていたい」

「それは、大学生になっても、サークルなどでクイズを続けるという意味か？」

　河原崎は俯（うつむ）いた。

「よく分からないけど、多分、そう……」

「あー、つまり……。河原崎は今、楽しいんだな？」

「……うん。クイズも楽しいし、みんなも……好き」

　百地が「ええっ？」と声を上げ、他の二人もどよめいた。

「何すか？　それ、コクってるんすか？　キノコ先輩、そんな中途半端な告白じゃなくて……。あ、そうだ！　この中で一番好きなのは誰っすか？」

　グリーンの鬘に手をやると、河原崎は後ろ前にずらし、顔を隠してしまった。

　どうやら照れているようだ。

「百地。答えるのに困るような事を聞くな。河原崎の言う好きは、お前が考えてるようなのとは違って……」

「キノコ先輩。いっそ、センセと結婚しちまえば、ずっとクイズをやってる奴とかかわれるし、センセともずっと一緒にいられるんじゃね？」

天見が「待って！」と割って入る。

「駄目よ！　シンちゃんは私のものだから！」

「うっひょー！」

「うわぁ、先生、モテるんですね！」

三人は大騒ぎだ。

「茶化すな！」

手を叩いて、黙らせる。

「雑談はこれまで！　今から重大発表をする。準決勝に出場する三人だ！　静かに！

まずは早乙女。ベタ問はお前に任せた。全て取る勢いで行け」

「は……い」

出場者が着るビブスを手渡す。そこには「オトメ」と書かれている。

「続いて河原崎」

彼女のビブスには「エルフィン」と書かれている。

「相手が答えられないような難問が出たら、お前の出番だ。ボタンは押さなくていい。

解答を導き出す事に集中だ。そして、百地」

「え、俺？」

百地が自分の顔を差す。

「お前は河原崎の表情を読め」

「……読めって……。キノコ先輩、顔に字なんか書かれてないっすよね？」

「馬鹿もの！　人の話をちゃんと聞け！　いいか？　河原崎がこう、瞬きを繰り返している時。それは記憶のファイルから解答を呼び出そうとしている合図だ」

パチパチっと両目を瞬かせて見せる。

「つまり、かなりの確率で答えを導き出せる。俺が見たところ、瞬きをしてから数秒で、河原崎は記憶を拾い上げている。だから、瞬きが始まったら、お前はどんどん押して行け」

「はあ……」

「責任は重大だぞ。敢えて雑学ネタに強い大納言を外し、お前を出場させるんだからな。リスクと引き換えに」

「っていうか、キノコ先輩が本当に答えられるかどうか、そんな事、他人には分からないっすよ？」

「だから、お前なんだ」

「へ？」

「思い出せ。合宿の最終日を。河原崎がどのタイミングで答えを引き出せるのか、お前はずっと俺の隣で測っていたんじゃないのか？」

「あ……」

「それに、お前はヤマカンとカンニングで入試を突破した。カンニングはともかく、その天性の引きというか勝負勘。そいつを今、この場で発揮させるんだ。出来るな？」

百地は口を開けたまま、ぽかんとしていた。

「……何か、よく分からないけど、ＯＫっす」

「それでは、ウォーミングアップがてらにひとつ……。参ります。問題」

ウルトラクイズの初代司会者、福留さんの物まねをして見せたが、天見を始め誰も気付かない。

「クイズに必要なのは知力、体力、あと一つは何？」

誰も答えない。

「どうした？　行くぞ、問題。『クイズに必要なのは知力、体力、あと一つは何？』」

ぽかんとしたまま慎太郎を見ていた四人だったが、早乙女が「あ」と呟いた。

「もしかして、『運』ですか？」

「正解。『知力、体力、時の運』。ウルトラクイズの合言葉だ。一学期と夏休みをかけて、お前達は知力はもちろん、体力作りの為に日々走り込み、農作業やドブさらいにもいそしんでいた。一見クイズとは無関係に思えるそれらの作業で徳を積み、運を貯め込んでいるはずだ」

「え、あの意味不明な活動には、そういう理由があったんですか？」

「そうだ。おかげで感謝もされ、クイズ研の評判は上々だったじゃないか。いいか？　相手は大人で、クイズを熟知している。対して、お前達は若く、未熟だ。だが、若さは武器だ。新しい事をどんどん吸収できる。事実、この短い期間で劇的な成長を遂げた。その爆発力で運を引き寄せ、相手を圧倒してやれ」

＊

「これから準決勝を行います。まずは『東二番丁高等学校化学部 with クイズ研究同好会チーム』の登場です」

百地を先頭に、河原崎、早乙女の順で壇上に上がる。ギャラリーからの拍手に包まれ、三人とも緊張しているように見えた。

会場にはオーロラビジョンが設置され、プレイヤーの表情や声を余すことなく視聴できる。

黙っていれば爽やかな百地。

秀才然とした美少年早乙女。

そして、エルフィンのコスプレをした河原崎。

カメラは執拗（しつよう）に彼らの表情を追い、中でも河原崎がズームで映る時間が長かった。

「対しますのは、『仙台市役所クイズ同好会チーム』」

拍手の他に鳴り物の音、野太い声での応援が響き渡る。

「ご紹介します。東二番丁高等学校チームに対して、仙台市役所チームは社会人チームです。G学院大学と共に、県内の強豪チームで、先の大会では死闘の末、G学院大学に敗れました。今大会でもG学院大学は準決勝に残っており、両者、ここを突破すれば決勝で戦う可能性もあります。リベンジに燃えていると思いますが、コメントをどうぞ」

マイクを向けられたのは、「リーダー」と印字されたビブスを着た、七三分けに眼鏡の男だ。

「普段通りにやれば、勝てると思います。もちろん、優勝を狙ってます。皆さん、応援して下さい！」

鉦（かね）と太鼓が打ち鳴らされる。

応援の迫力に、三人が呑まれていた。

「まずいな……」

天見が「何がまずいんですか？」と聞いてくる。

「仙台市役所チームの奴ら、やけに落ち着いてるんです。普通、初めての相手との対戦は緊張するものなんだが……」

「高校生だからって、侮られてるんでしょうか？」

「うむ。最初の一問目、二問目をとって、流れをこちらに呼ばなくては」

「だーいじょうぶですって。うちには河原崎がいるんですから」

その河原崎はコスプレ姿で、一際異彩を放っていた。

「そして、東二番丁高等学校。この、化学部というのは何でしょう？　説明してもらえますか？　キャプテンの百地くん」

相手の「リーダー」に対して、百地のビブスには「キャプテン」と印字されている。

「色々と大人の事情がありまして、化学部の先生には非常にお世話になってます。……それだけの事で、深い意味はありません」

「そちらの花を背負ってる女の子も部員かな？」

思わず「失敬な！」とののしっていた。我がクイズ研究同好会の隠し玉を、賑やかしかマスコットガール扱いしやがって。

「まぁ、それはお楽しみで……」と、百地はにやにやしている。

「相手は強敵揃いです。抱負をどうぞ」

今度は、早乙女にマイクが向けられる。

「高校生らしく爽やかに、正々堂々と戦いたいです」

まばらな拍手が――。と思いきや、怒号のような声が背後から響いた。

「バンチョ高、頑張れ！」

振り返ると、ＴＱＡのメンバーが揃い踏みだった。仙台市役所チームに対抗した訳ではないだろうが、黒のＴシャツに蛍光イエローでＴＱＡのロゴが光っていた。

「肉の入ってないカレー、美味かったよー！」という声に、笑い声が起こる。

彼らは合宿中に飯炊きを買って出てくれた部員達を思い、応援に来てくれた。

そして、それ以外にも黄色い声が飛んだ。

「さお様ー！」

「早乙女くん！　落ち着いて！」

早乙女の担任・篠崎と、音楽科の「麗子」だ。

さらに、教頭のバーコードが目に入り、続いて山田と化学部の女子達。

「百地くーん。早乙女くーん、河原崎さーん。頑張ってー！」

いや、それだけではない。東二番丁高等学校のほぼ全教諭が顔を揃えていた。何と、佐伯の姿まであり、バレーボール部の部員を連れていた。

「おい！　百地、負けたら承知しないぞ！」

「市役所チームを、こてんぱんにやってやれ！」

壇上に上がった三人への声援は止まる事なく、しまいにはバンチョ高の校歌まで歌い出す始末だ。

「遠慮せずに行けー！」

「負けるなよ！」

その騒がしさは仙台市役所チームを凌駕しており、赤いTシャツ軍団が青ざめたのが分かった。

教員は日頃から授業で発声練習をしているようなものだから、やたらと声が通る。何より、自校の応援とあらば、俄然張り切る。

――ありがたい！　これで相手をメンタルから崩せる！

「実は、私が声をかけたんです。けど、まさか、ここまで集まるとは……」

そう言う天見に、「彼らの日頃の行いが良いからですよ」と素っ気なく答える。

「まった、まった、まったぁ。こういう事態を想像して、恩を売ってたんでしょ？」

「恩を売ったんじゃありません。運を貯め込んでいたんです」

だが、応援というのは本当に力となる。仙台市役所チーム応援団が怯んでいるのが分かった。

司会者が咳払いをし、「静粛に」とマイク越しに伝える。

「気合十分な両チームと、応援団でした。では、準決勝の形式は早押し。七点先取の早押しクイズです。先に七問正解した方が勝者となります。但し、お手つきは二回まで。

三回誤答したところで、相手の勝ちとします」

いわゆるナナマルサンバツだ。

「それでは、皆さん。御静粛に。……一問目」

問読みの声に、会場が水を打ったように静かになる。

「漢字で海の豚……」

鋭い音が響く。

ボタンが灯ったのは仙台市役所チームだった。

「河豚」

リーダーは自分で押して、自分で答えていた。

「早乙女！　今のようなベタ問はどんどん押して行け！」と、慎太郎は怒鳴った。

「わぁ、あれだけで何で分かるんですか？」

天見が目を見開いている。

「簡単なベタ問ですよ。問題は『漢字で海の豚と書いてイルカと読ませる。では河の豚では？』。冒頭で海豚(イルカ)と先に出された場合、次に来るのは王道で考えたなら河の豚じゃないですか」

「だから、それが分からないんです。海猫や海牛(ジュゴン)、海馬(たつのおとしご)だって考えられるじゃないですか」

「ヤマを張るんです。相手チームは、今日のここまでの出題傾向を読み、『そこまでひねった問題は出されない』と判断した」

その辺りは長年の蓄積というか、勘だから、説明するのは難しい。

天見の相手をしている間に、ステージでは次の場面に進行していた。

ランプの灯る音に続いて、「正解！」の声。

見ると、仙台市役所チームの三人が得意げな顔をしていた。

二問続けてとられた我が東二番丁高等学校チームは、お通夜のような雰囲気になっている。

「おいおい、どうしたんだ？」

「がんばれよー。高校生」

ギャラリー達が口々にヤジを飛ばす。

「次の問題は○か×かで答えて下さい。一卵性双生児は指紋も同じ……」

仙台市役所が反応した。

「×」

「正解。次の問題も○か×で答えよ。昆虫は仲間の顔を見分けられ……」

またも、仙台市市役所。

「×」

「正解。簡単過ぎるな。次は難しいぞ」

問読みが矢継ぎ早に問題を読んでいく。ここまで四問連続でとられている。

――まずい。非常にまずい。

だが、次の問題で流れが変わる。

「マンホール。日本語に訳すと何？」

仙台市役所は押さない。

河原崎を見ると、瞬きをしている。

――押せ！　百地、押せったら、押せ！

慎太郎の心の叫びが聞こえたのか、百地が押した。

「人孔（じんこう）」

「正解」

ようやく一問正解だ。

「チノ・パンの『チノ』とは……」

今度は早乙女。

「中国」

「正解」

よしよし。

二問連続でとり、これで四対二となる。

「宮城県のお土産の定番として知られる『萩の月』」

慎太郎の胸ははやった。直前に渡したメモを彼らがきちんと読んでいれば、解ける問題だ。あとは特定される単語が出るのを待つのみ。

「この、な……」

ボタンが点灯した。押したのは百地。相手方のリーダーが驚いた顔をしてる。

「高校生チームが解答権を得たぞ。さぁ、答えは？」

――まだ早い！　それでは答えが確定できない。

シンキングタイムが刻々と過ぎてゆく。

河原崎は忙しなく瞬きを繰り返す。脳の何処かに焼き付けられた言葉を探り出そうと、懸命なのだ。だが、答えは出ない。

「どうした？　高校生」

司会者が解答を促す。

東二番丁高等学校のテーブルで、ランプは灯ったままだ。

まだ河原崎は瞬きを続けていた。自分自身の記憶を掘り起こすように、何度も、何度も――。

壊れた人形のように瞬きを繰り返す彼女を見ていると、急に目の前の光景から現実感がなくなった。瞬きのスピードが落ちて、スローモーションの映像を見ているような気配に変わったのだ。

——むう。駄目か？　河原崎……。

制限時間ぎりぎりに、早乙女が動いた。マイクに顔を近づけ、ゆっくりとした口調で答える。

「ミヤギ……ノハギ」

正解音が高らかに鳴り響く。

慎太郎は「ふうーっ」と大きく溜め息をついた。

「やりますねぇ。早乙女くん」

やたらと体をくっつけてくる天見から、さり気なく離れる。

「今のは、結果的に読ませ押しになりました」

デビュー戦で、早乙女はこの技で他チームに先んじられた。

「何ですか？　それ」

「反射的に読むのを止めることができないという人間の習性を利用して、少し早めにボタンを押し、そこから読まれる数文字をヒントにする。その際に読まれた助詞、もしくは並列されているものの一文字目を聞いて、正解率を上げるという技ですよ。百地の押すタイミングが少し早いかと冷や冷やしましたが、早乙女は落ち着いてましたね」

ボタンを押した後、問読みは「この、な……」と読んでいた。そこから想像される問題とは「宮城県のお土産の定番として知られる『萩の月』。この名前の由来となったのは何？」だ。

早押しで正答するには、問題を聞きながら答えを絞り、咄嗟に正解できるかどうかを判断できなければならない。つまり、幾つかの答えを用意しながら、正答を特定できる言葉を待つ。そして、勝負できるポイントが来た瞬間にボタンを押す。

「これだけの事を、問題が読まれているごく短い間にやらなければならないのです。さぁ、これで弾みがつけばいいが……」

だが、仙台市役所チームに焦りはない。「お手並み拝見」とばかりに、悠々としている。

このまま逃げ切る自信があるのだろう。

八問目が読まれる。

「ルパン三世を追いかけるのは銭形警部。では、モーリス・ルブランの小説、ルパン・シリーズに登場するアルセーヌ・ルパンの宿敵の老刑事の名前は？」

全文が読まれたところで、仙台市役所チームが動いた。

だが、解答権を得たのは東二番丁高等学校だ。

百地が絶妙のボタンさばきで解答権を得た。

隣では、河原崎が高速で瞬きを繰り返している。

「さぁ、解答は？」

カウントダウンがされる中、河原崎がすっとマイクに顔を近づけた。

「ジュスタン・ガニマール」

「正解！　お見事！」

問読みが感嘆の声を上げ、応援団が湧いた。

「やっぱり、彼女は凄いな」

慎太郎は呻くように呟いていた。

さすがの仙台市役所チームも唖然としている。

ただ、レベルの高い解答者であれば、ルパン三世がアルセーヌ・ルパンの子孫だという点に気付き、「銭形」と読まれた時点で答えていただろう。

そういう意味では仙台市役所チームも河原崎も、まだまだ甘い。

同点となったところで、司会者がインターバルを入れた。

「それでは、次の問題へと行く前に……。ここで『クイズ@サンシャイン仙台』の優勝賞品を紹介しよう。何と、日本三景・松島で海の幸を堪能できる旅行券！」

背後のオーロラビジョンに、松島の光景が流れる。

「そして、準優勝はB社の自転車だ。凄いぞ。電動機付きだ」

天見が肘で脇腹を突いてきた。

「シンちゃんにぴったりじゃないですか？　ひいおばあさんの形見の自転車、壊れちゃったし」

そして、「うひひ」と、気持ちの悪い声で笑った。大方、慎太郎が交差点で自転車ごと転んだシーンを思い出したのだろう。

「そう言えば……。生徒達にバラしたでしょう？」

「シンちゃん」

天見が人差し指を唇に当てた。勝負が再開されようとしていた。

「問題。１から９９９９までの間に、１がついている数字はいくつ？」

すかさず、百地が押した。だが、河原崎は瞬きせず固まったままだ。

「あぁ、馬鹿！　また先走った！」

今度は早乙女も答えられず、時間切れになった。

ブーーーーーーーーー！

耳をつんざくような不愉快な音に、慎太郎は目を閉じた。

「答えは３４３９個。東二番丁高校。これで×が一つ！」

彼らの頭上に、×のランプが一つついた。

天見が「まずいですよ」と呟いていた。

河原崎は目をかっきりと見開いたまま、固まってしまっていた。

「演劇部でもああだったんです。あの状態になると、セリフが出て来なくなって……」

急に様子がおかしくなった河原崎に、百地も早乙女も狼狽えている。

「おぉい、早乙女！　問題に集中しろ！」

集中力を失った彼らに、仙台市役所チームは容赦がなかった。怒濤の勢いで二問正解し、リーチをかけた。

六対四。

あと一問とられたら、勝負がつく。

「問題。国内メーカーで唯一、プランジャー式吸入機構を備えた万年筆の名前は？」

固有名詞を答えさせる問題だ。

問題全て読み終えても、仙台市役所チームは押さない。知らなければ答えられない問題だから、動かないのだろう。

河原崎はと見ると、再び瞬きを始めていた。どうやら、フリーズしたのは一瞬だけのようだ。

——押せ！　百地！

河原崎の変化を察した百地が、手を動かす。

ピン！

だが、解答権を得たのは、仙台市役所チームだ。

慎太郎は顔を覆った。

「さぁ、ここで正解すれば、仙台市役所チームが決勝へと進む。さぁ。解答は？」

しんと静まる会場。

目を閉じたままのリーダーは、カウントダウンが始まっても口を開かない。そして、そのまま時間切れ。

ブーと効果音が鳴る。

――ふう……。助かった。

点数は変わらず、お互いお手つきが一回ずつとなった。

「答えはカスタム８２３。パイロットのプランジャー式吸入機構万年筆だ。いいか？それでは問題。日本で一番安いたば……」

両者の手が同時に動いた。解答権を取ったのは早乙女。

「フォルテ」

慎太郎は正解の効果音が鳴らされる前に、「もらった！」と拳を握っていた。

これで、六対五。

その時、仙台市役所チームのリーダーが前傾姿勢を取った。

――本気を出して来たな。

次の問題は、絶対に解答権を取るという姿勢だ。

「別名、目打ちと呼ばれる文房具の名は？」

またも固有名詞を答えさせる問題。

河原崎は瞬きを始めており、百地が手を動かす。

だが、今度も仙台市役所チームの方が早かった。

「さぁ、ここで決めるか？」

解答を促されると、リーダーは「分かりません」と答えた。

「残念。答えは千枚通し」

——ぬ！　こやつ、河原崎を潰しにかかったか？

先程の問題もそうだったが、固有名詞を答えさせる問題こそ、河原崎の真骨頂が発揮される。それを見抜いた仙台市役所チームは、相手が得意とする問題と見るや、わざとお手つきをしたのだ。

——さすがだ。見極めるのが早いな。

河原崎が瞬きを始めたタイミングに百地が押す作戦は、しっかりと見定められていたようだ。だが、仙台市役所チームもリスクを負っている。もうこれ以上お手つきはできないのだ。

——しかし、次に出るのがベタ問だと負ける。

ベタ問の早押し勝負となれば、相手に分がある。

「さぁ、この問題で勝負がつくか。参ります」

問読みが問題を読み始めた瞬間、百地が手を動かした。

「おい！　大丈夫か？」

慎太郎は思わず叫んでいた。

まだ、問題の冒頭が読まれたばかりだ。その分量だと河原崎は答えを引き出せないし、早乙女をもってしても無理だ。なおかつ、百地が答えられるとはとても思えない。

ピン！

解答権を得たのは仙台市役所チーム。

慎太郎は息が止まりそうになった。

だが、様子がおかしい。

リーダーはボタンを押したまま、「しまった」という顔で青ざめている。

恐る恐る見ると、百地はすんでのところで手を止めていた。押すと見せかけて、フェイントをかましたのだ。

「さぁ、解答を。仙台市役所チーム！」

司会者の言葉に、リーダーの顔から汗が流れる。

河原崎を警戒する余り、百地の動きに目を奪われていたらしい。百地の派手なアクションに、ついつい反応してしまったようだ。

本来、フェイントで相手を潰すのは彼らのお家芸。

まだ六対五でリードしていたにもかかわらず、その自分達の得意技を逆手に取られる形となり、「これ以上の失態はない」とでも言いたげに、歯ぎしりをしている。

「さぁ、どうした。仙台市役所チーム。残りあと三秒、二、一……」

刻々とカウントダウンされたが、リーダーは無反応のままだ。脇の二人が、おろおろと彼を見守る中、リーダーがマイクに顔を近づける。

リーダーがきつく目を閉じたのとは対照的に、両端の二人は目を見開いて、状況を見守っている。

水を打ったように静まり返る会場。

「………」

非情なブザーが鳴り響いた。

その瞬間、東二番丁高等学校の勝利が決まった。

「よっし！」

ガッツポーズをとる百地。

その手を司会者が掴み、さっと持ち上げた。同時に、高らかなファンファーレが鳴り響く。

「仙台市役所チーム、お手つき三回で失格！　東二番丁高等学校、決勝進出！　おめでとう！」

クイズは終わらない

左手の方角で青信号が点滅するのを確認しつつ、慎太郎は前を向く。

信号は赤。

前を行き交う車は、信号が変わる前に通過しようと加速する。

慎太郎はペダルに置いた右足に体重をかけ、左足の爪先でとんとんと地面を蹴る。

川のように流れていた車の速度が落ち、目の前にぽっかりと空間ができる。

ＧＯ！

ペダルに体重をかけると、自転車はすぃーっと音もなく加速した。何の抵抗もなく、滑るように走る。

「何か、調子が狂う……」

お釈迦にした先代とは、まさに喧嘩しながらの通勤だったが、新しく手に入れた自転車は、やけに素直で手ごたえがない。

そう天見に言うと、こっ酷く叱られた。

（皆がシンちゃんの為に頑張ってくれたんですよ！）

今、通勤の足に使っているのは、夏休み中に出場した『クイズ＠サンシャイン仙台』の準優勝賞品だ。

つまり、我が東二番丁高等学校は優勝できなかった。

自転車をプレゼントされた時、天見は「あの子達、わざと負けたんじゃないですか？」と言ってきた。いつまでもボロボロの自転車に乗っている慎太郎を見兼ねて、優勝賞品の旅行券より、自転車を取りに行ったのではないかと。

残念ながら、そうではなかった。

優勝したＧ学院大学には、完膚なきまで叩きのめされたのだ。

もちろん、先の仙台市役所チームとの対戦から、こちらの実力や手の内を研究されてしまったせいもあるが、完全に力負けだった。

彼らは取れるベタ問は全て取り、早乙女を圧倒した。そして、河原崎の得意問題を潰す為に、わざとお手つきをするという愚を犯すこともなく、難問にもさらりと解答した。

そういう訳で、百地の出番もなかった。

いや、準決勝で力を使い果たしたのか、決勝での河原崎は完全に置き物と化していた。

瞬きの速度も遅く、そのまま眠ってしまうのではないかというほど覇気がなく、客席から見ていてもオーラが消えていた。

――河原崎の課題。それはスタミナだな。

抵抗なく走る自転車の上で、慎太郎は今後の強化計画を考えていく。

――無理もない。まだ、クイズをやり始めて三カ月程度なのだから。

やがて、東二番丁高等学校の通用門が見えてくる。

まだ、登校してくる生徒も少ない時間。慎太郎は駐輪場に新しい自転車を止めると、真っ直ぐ職員室へと向かった。

「あぁ、鈴木先生」

既に教頭がいた。

「御覧になりましたか？　仙台新報の記事、今日の朝刊に掲載されてますよ」

デスクの上にローカル新聞が広げられていた。

仙台新報の記者は、何枚もの写真を撮影して行ったが、採用されたのは彼らがドブ池の清掃をしているところと、部室にある早押しボタンを囲んでの集合写真だった。

記事のタイトルは「ボランティアから始まるユニークな活動　東二番丁高等学校クイズ研究同好会」だ。

『クイズ@サンシャイン仙台』の決勝で負け、悔しさのあまり眠れなかった日の翌朝、教頭から連絡があった。「取材の依頼が入ってるから、是非受けてくれ」と。

以来、気持ち悪いぐらい、教頭の機嫌がいい。

「クイズ大会の決勝は惜しかったですが、仙台市役所チームとの攻防は、私も気持ちが良かったです」と、今朝もご満悦だ。

「さすが、鈴木先生。この機会に、入部を希望する生徒達も増えるでしょうから、頑張ってご指導お願いしますよ」

適当に返事をしながら、慎太郎は胸の内で呟く。

——手の平返しが酷いぞ！　このハゲ！

数えてみると、部活動を認めさせるのに苦労した時期から、まだ半年も経っていない。

「シンちゃーん」

扉が開くと共に、甲高い声がした。

「記事、見ました？　私も可愛く写ってたでしょ？」

げっ！　朝イチからこいつに会いたくないから、社会科準備室ではなく職員室に直行したのに、お構いなしにまくし立てる。

「そうそう。ついに、自転車を乗り換える事にしたんですね。え？　今、駐輪場を覗いたんですよ。あの子達も喜びますよ。てゆうか、さすがにフレームが歪んじゃったら、自転車屋さんにも新しいのを買うように勧められますよねぇ。……あ、どちらへ？」

白衣に袖を通しながら、慎太郎は職員室を出る。

「ちょっと、待って下さいよ」

追いかけてくる天見を、最初は小走りで、途中から全力疾走で振り切る。行き先は、道路を挟んだ向かい側にある圃場だ。

既に四人は集まって、分担して水撒きや施肥を行っていた。

少し離れた場所で足を止め、彼らの様子を見る。

新入生の頃、色白だった早乙女は、日焼けして随分と雰囲気が変わった。

大納言は若干、腹が引っ込んだか？

音頭をとって、作業の指示を出すのは百地だ。名前ばかりのキャプテンだったのが、随分とリーダーらしくなっている——と思ったら、水撒き用のホースで早乙女と大納言に向かって水をかけ、顰蹙を買っている。

そして、すぐ傍で日除けの帽子を被った河原崎が笑っていた。

すかさず、百地が河原崎の足元に水を撒くと、慌てて飛び退る。

「シンちゃん、意外と脚が速いんですね。あー、バテた」

追いついた天見は、その場に座り込んだ。

作業を終えた四人は整列し、百地を先頭に駆け出した。そして、そのまま瑞鳳殿方面へと向かった。

入れ替わりに、朝練のランニング中の掛け声が近づいてくる。男子バレーボール部だ。

ファイトーファーイト！

ファイトーファーイト！

すれ違いざま、自転車で並走する佐伯が、ちらと百地に目をやったものの、そのままやり過ごした。

「佐伯先生も諦めたみたいですね。百地くんを入部させるのを」

「何故、そう思うのですか？」

「だって、四人ともいい表情してますもの。もう、誰も邪魔しようなんて思わないんじゃないですか？」

「そんなの分からないでしょう」

「ほんと、素直じゃないですね。シンちゃんって」

天見はおかしそうに笑った。

「だから、シンちゃんはやめて下さい。最近は部員達も私の事をシンちゃんと呼ぶようになって、示しがつきません。というか、迷惑です」

その時、ヒューと口笛の音が響いた。走り去ったと見せかけて、四人は物陰からこちらを観察していたのだった。

「シンちゃーん、朝からデートですかぁ？」

「お熱いですね！」

「よくお似合いですよ！」

百地と大納言が口々にからかってくる。

早乙女までがニヤニヤしている。

そして――。

何故か河原崎は不機嫌そうで、怖い顔でこちらを睨みつけてくる。

「ほら、もっと離れて下さい。人との適切な距離は、七十五センチ。それが限界です。それ以上近付くと、嫌がられますよ」

後退り、天見との間合いを開ける。

その時、頭上で鳶が鳴いた。

「参ります。問題」

いきなり、天見が改まった口調で言う。

「な、何ですか？　いきなり」

「問題。平凡な／親からすぐれた子供／が生まれる事のたとえを／鳶が鷹を生むと言う。では……」

言葉を遮るように、慎太郎は解答した。

「青は藍より出でて藍より青し」

「すっごーい。何で分かったんですか？」

「だから、そんな簡単な問題……。しょうがないですねぇ。いいですか？」

そして、天見のペースにはまっている事に気付かず、慎太郎はとくとくと喋り続けていた。

参考文献
『東大生クイズ王・伊沢拓司の奇跡I～頂点を極めた思考法～』伊沢拓司　セブンデイズウォー
二〇一五年
『クイズは創造力〈理論編〉』長戸門勇人　情報センター出版局　一九九〇年
＊この他、多くの文献やウェブサイトを参考にさせて頂きました。

〈謝辞〉

本書の執筆にあたり、立命館大学クイズ研究会の皆さまに取材へのご協力、ご教示を仰ぎました。あらためて深く御礼申し上げます。なお、本書の記述内容に誤りがあった場合、その責任は著者に帰するものです。

解　説――ロマンチストクイズ語り

青 柳 碧 人

一七九一年、アイルランド、ダブリン。一人の男が仲間たちに、ある賭けをふっかけた。

――今夜作った〝新しい言葉〟を、流行させることができるか。

男の名はデイリー。職業は劇場の支配人である。

仲間たちはこぞって、デイリーの申し出を馬鹿にした。そんなことができるはずはない。今までに経験したどんな賭けよりも結果は明らかだ。……結局、「できる」に賭けたのはデイリーただ一人だった。

その晩デイリーは寝静まった街に出ると、壁という壁にその〝新しい言葉〟を書き散らしていった。翌朝、落書きを見た人々は首をかしげ、口々に噂した。そこらじゅうに書かれたこの言葉はなんだ。何かの暗号か。いや、ただのいたずらだろう。犯行声明か。新商品の宣伝だったりして。愛の告白じゃないかしら……。

こうして、デイリーが作った四文字の単語「ｑｕｉｓ」は、前日まで誰も知らなかったのに、たちどころにダブリンの人々のあいだに流行したのである。

その後いつの間にかこの言葉は、ｓがｚに変わり、なぜか「問題を出して、相手に答えさせる遊び」という意味を持つようになり、メディアの普及とともにショウアミューズメントとして世界中に広まった。それが、ＱＵＩＺである。

日本でもクイズ番組が多く生まれたが、特にエポックメイキングな番組といえば、日本テレビの『アメリカ横断ウルトラクイズ』だろう。一般市民がクイズに挑戦しながらアメリカ大陸を横断するという、前代未聞、広大無辺な企画。第一回が放映された一九七七年はまだ海外旅行が一般的ではなく、アメリカのダイナミックな自然やケタ外れに華やかな文化に視聴者は度肝を抜かれた。クイズの面白みに加え、各チェックポイントで挑戦者が一人ずつ脱落していく人間ドラマも、大きな魅力だった。

ウルトラクイズに出たい！　ニューヨークに行きたい！　罰ゲームなんか怖くない！

——当時の青年たちは突き動かされ、各大学にはクイズを研究するサークルが立ち上がっていった。やがてサークル同士の横のつながりができ、大学対抗戦なども行われるようになった。大学生がやることなら、高校生も手を出したくなる。同じく日本テレビの『全国高等学校クイズ選手権（高校生クイズ）』の人気も後押しし、高校にもクイズをする部活ができていったのである。

本書『バンチョ高校クイズ研』は、そんな高校生のクイズ部（同好会）を生き生きと描いた小説だが、さて、「クイズ」と「高校生の青春」を絡めたエンターテインメント小説には先例があっただろうか。

この歴史は意外と浅い。初めてそういう小説を書いたのは……実は、僕である。

僕、青柳碧人は、早稲田大学でクイズ研究会（略称WQSS）に所属していた。当時は寝ても覚めてもクイズクイズの生活を送っており、その経験をもとに、二〇〇七年、『ヒポクラテス・クラブ』というクイズ青春小説を自費出版した（正式なデビュー後、『双月高校、クイズ日和』と改題され、講談社より刊行）。クイズ界では少しだけ話題になり、交流のある強豪クイズプレイヤーたちから「こんな小説は今までなかった」との言葉をいただいた。なにしろ、日本で一番モノを識っている人たちが口をそろえて言ったのだから間違いない。クイズ青春小説のパイオニアは僕である。

だからと言って別にエラい顔をしたいわけではなく、対抗意識があるわけでもなく、僕以外の人はクイズと青春をどう描くのだろう……と、とてもわくわくしながら『バンチョ高校クイズ研』を読みはじめた。

第一の感想は、「実に高校のクイズ研っぽい！」ということだ。

主人公の鈴木慎太郎は、高校時代にクイズプレイヤーとして名をはせた強豪。かつて学んだ東二番丁高校に地歴教師として赴任するが、「北にバン高あり」とまで言われた母校にもはやクイズ部はなく、これを復活させようと、めぼしい生徒を勧誘しはじめる。

拙著『双月高校～』が、生徒がクイズ研究会を立ち上げようとする『ウォーターボーイズ』型だとすれば、熱血教師がクイズ部のために奮闘する本著は『ROOKIES』型といえるかもしれない。となれば次は、個性的な部員たちと相場が決まっている。「高校は大学受験のために時間を使う」と言い放つクールな優等生・早乙女。天性の百人一首のセンスを持つ巨漢・大納言。カメラアイの才能と細かくて正確な知識を有する保健室少女・河原崎。抜群の運動神経を誇りながらなぜかクイズに目覚めてしまう百地。……どう考えても「不良」とはほど遠いが、やっぱりクセ者ぞろいというのが、クイズ青春小説ならではで面白い（河原崎のカメラアイなどは、むしろ麻雀漫画『咲』の特殊能力女子高生雀士を想起させる）。

　半ば強引に集められた部員たち。今はクイズの一線を退いた部外者教師・山田に負け、新入生限定の他校との試合でもコテンパンにやられる。そんな部員たちに鈴木が与える練習メニューは、雑草とりにドブさらい。高校生クイズサークルに参加させたと思ったら、調理当番。一見クイズと関係なさそうなこれらの活動にも、実は慎太郎の思惑があったことがあとでわかる。

　物語はやがて、チームがある大会に出場するという山場に。クイズを始めて間もない彼らが、老獪な大人チームと対決するシーンは、目が離せない。最後まで読んだとき、読者は高揚感と充足感に満たされるはずだ。

……通常の青春小説なら、これだけ書けば解説としては合格点だろう。しかし、本著は「クイズ青春小説」だ。ここからは、クイズ経験者（しかも、ちょっとクセのある経験者）から見た解説を試みることにしよう。

　クイズ愛好者にもいろいろタイプがある。いかに問題文の早いところでボタンを押して解答権を得るかということに喜びを感じ、そのために日々ベタ問（よく出る問題）の鍛錬に力を注ぐタイプのプレイヤーを、便宜上《アスリート》と定義する。それに対し、知識を掘り進めることに力を注ぎ、聞いたこともない問題が出されたときに悠々と答え、「そんなことも知ってるのかよ！」と周囲を驚かせることに喜びを感じるタイプを、《ロマンチスト》としよう。

　大学時分の僕の話をすれば、完全にロマンチストだった。早押しで競り勝つことにはあまり興味がなく、既出の問題を読み込む目的は、「ベタを他人より早く答えること」より、「他の人が知らないことは何かを分析し、未知の問題を探求すること」にあった（『双月高校～』にも、技術的なことはほとんど書いていない）。

　本作の鈴木慎太郎はもちろんアスリート。「静謐（せいひつ）で緻密でありながら、実戦の場では泥臭さが命運を分ける競技」と分析しているところなどに、それが如実に表れている。そんな彼の指導は常に実戦に即したもので、ポイントの捉え方、問題文の推理の仕方など、現役の高校生クイズプレイヤーが読むとうなずける部分が多いはずだ。

ところが、部員たちに必ずしもそれが響いているかというとそうでもない。河原崎はクイズに出そうとかそんなことはお構いなしに目についた情報を片っ端から暗記するのをやめようとしないし、百地などは小説の最後までクイズ的な成長があったかどうか疑わしい。早乙女や大納言でさえ、慎太郎の技術指導が実戦で役立ったかのようなシーンは描かれていない。

この小説の優れているところは、個々の属性をキャラクターの個性に絡めたうえで、一つのボタンを複数人で共有するというシステムを取り入れたことだ（実際の『高校生クイズ』もそういうスタイルをとっている）。クイズの勉強のシーンでも、理系は早乙女、文系は河原崎、おばあちゃんの知恵袋は大納言といった具合に分業制をとっているし、実戦でも反射神経の百地が、問題など聞かずに河原崎の表情を観察し、「思い出せそうだ」と判断したらボタンを押すという技を見せる。

本作が描きたかった「青春」とは、個人が苦手なジャンルを克服してプレイヤーとして成長していく過程ではなく、未完成な者がお互いを補い合いチームとして完成していく過程なのだ。鈴木慎太郎はただの熱血一辺倒アスリートではなく、きちんとしたチーム指導者なのであり、やっぱりこの小説は『ROOKIES』型なのだろう。

しかし、それで終わらせてしまうには、本作の部員たちはあまりに魅力的で、クイズはあまりに奥深い、というのがロマンチストの見解である。

アスリート慎太郎の指導を受けてクイズをはじめた彼らだが、今後、早押し勝負ではないクイズに出会ったとき、どういう変容を遂げるのか。僕の興味はすでにそこにある。たとえば河原崎は博覧強記のボードクイズマスターになる可能性を十分秘めているし、百地などはフィジカルな面を全面に押し出したスポーツクイズの第一人者になるかもしれない。

早押しだけが、クイズじゃない。言い方を変えれば「私は早押しが苦手だから」と、クイズを敬遠するのはもったいないよ、ということだ。それぞれの特性にあった愉しみ・課題を自分で見つけられるのが、真のクイズプレイヤーなのだ。

勘違いしないでほしいのは、僕は別にアスリートの姿勢を批判しているわけではないし、アスリートにロマンがないとも思っていない。むしろ、多くの高校生がクイズに夢中になっている現状は、テレビや市井の大会で活躍する早押し強者たちへの敬慕と憧憬あってのことと理解しており、大いに尊敬していることは言っておかなければならない。

また、著者の蓮見恭子さんが、アスリートの姿勢ばかりを偏愛してロマンチストを理解していないとも思わない。それは物語の終盤、ショッピングモールで描かれたあるクイズ形式に現れている。

バラマキクイズ。――先述の『アメリカ横断ウルトラクイズ』で生まれたこの企画は、広大なランドスケープの中をプレイヤーたちがダッシュするという、テレビ的な見栄えが一番のウリだ。しかし、早押しと先読みの技術が生かせないという点では、実にアスリート泣かせの形式ともいえるのだ。もし早押し技術の礼賛小説なら、盛り上がるシーンでこんなルールを持ってくるはずがない。

ロマンチストに言わせればバラマキクイズは、「解答者が自分だけの一問をつかみ取るクイズ」である。通常の早押しクイズは、ジャンルや出題順がすべて出題者にゆだねられており、強者と戦っていたら解答権すら取れず、問題つぶし（わざと他人の得意ジャンルの問題に手を出して誤答し、その問題を無効にする策）の憂き目に遭うことだってある。バラマキは違う。自分の答えるべき問題を自分で取ってくる。誰にも邪魔されず、それを取ってきた者だけに与えられる一問だ。問題を引き寄せる運命力。難問を引き当ててもむしろ喜べる知識力。体力の限界を感じても確実に正解を思い出せる精神力。早押しにはないクイズのロマンがこれでもかと詰まっている。

早押し技術や問題先読みの鍛錬が、クイズという宇宙のように広大な文化のわずか一面にすぎないということがよくわかるだろう。蓮見さんはそれを理解していて、この形式を描いたのだ……と信じたい。

一度読んだ方も、どうか別の視点でもう一度本作を読んでみてほしい。新たな青春、新たなクイズの一面がそこに見えてきたら、あなたには十分、クイズプレイヤーの素質があるはずだ。若人よ、自分のクイズを見つけたまえ。君の創めるクイズを、未来の何千、何万のクイズプレイヤーが待っている。

――おい、青柳！

勝手なことばかり書いていたら、かつて知り合った全国の強豪プレイヤーの声が聞こえてきた気がした。

――アスリートだの、ロマンチストだの、そんな分析に何の意味がある？　弱者の言い訳にしか、聞こえないぞ。

ごもっともである。

――さっさとボタンに手を置け！

こちらも、ごもっとも。さあ人類よ、早押しボタンに手を置くべし。神たる出題者が、問題を読もうとしている。ふと横を見ると、早乙女、大納言、河原崎、百地もまた、ボタンに手を置き、神経を集中させている。

次はどんな問題が……。この緊張感、高揚感。歓喜。悔恨。羨望。驚嘆。感心。尊敬。闘争心。向上心。人間のすべてがつまった、この競技。

「お前達は若く、未熟だ。だが、若さは武器だ。新しい事をどんどん吸収できる」

鈴木慎太郎が若者たちに向けた、あまりに眩しい言葉。クイズに向き合う四人の遥かなる未来を想いつつ、僕は今、目を閉じ、かのアイルランドの劇場支配人に語りかけるのだ。

Q・U・I・Z。あんた本当に、素敵な言葉を作ったな――。

（あおやぎ・あいと　作家）

本書は、集英社文庫のために書き下ろされた作品です。

本文デザイン／浜崎正隆（浜デ）

集英社文庫

バンチョ高校(こうこう)クイズ研(けん)

2020年6月25日　第1刷　　定価はカバーに表示してあります。

著　者　蓮見恭子(はすみきょうこ)

発行者　徳永　真

発行所　株式会社 集英社
東京都千代田区一ツ橋2-5-10　〒101-8050
電話　【編集部】03-3230-6095
【読者係】03-3230-6080
【販売部】03-3230-6393（書店専用）

印　刷　凸版印刷株式会社

製　本　加藤製本株式会社

フォーマットデザイン　アリヤマデザインストア　　マークデザイン　居山浩二

ISBN978-4-08-744132-1 C0193